www.ingramcontent.com/pod-product-compliance
Lightning Source LLC
LaVergne TN
LVHW020447070526
838199LV00063B/4874
9788196113438

ٹھگوں کا بادشاہ

(بچوں کا ناول)

مصنف:

ڈاکٹر عبدالوحید

© Dr. Abdul Waheed

ThagoN ka Badshaah *(Kids Novel)*
by: Dr. Abdul Waheed
Edition: April '2024
Publisher :
Taemeer Publications LLC (Michigan, USA / Hyderabad, India)

ISBN 978-81-961134-3-8
9 788196 113438

مصنف یاناشر کی پیشگی اجازت کے بغیر اس کتاب کا کوئی بھی حصہ کسی بھی شکل میں بشمول ویب سائٹ پر اَپ لوڈنگ کے لیے استعمال نہ کیا جائے۔ نیز اس کتاب پر کسی بھی قسم کے تنازع کو نمٹانے کا اختیار صرف حیدرآباد (تلنگانہ) کی عدلیہ کو ہو گا۔

© ڈاکٹر عبدالوحید

کتاب	:	**ٹھگوں کا بادشاہ** (بچوں کا ناول)
مصنف	:	**ڈاکٹر عبدالوحید**
صنف	:	ادب اطفال
ناشر	:	تعمیر پبلی کیشنز (حیدرآباد، انڈیا)
سالِ اشاعت	:	۲۰۲۴ء
صفحات	:	۱۱۸
سرورق ڈیزائن	:	تعمیر ویب ڈیزائن

ٹھگوں کا بادشاہ

اُنّیسویں ۱۹ صدی کے ایک مشہور ٹھگ امیر علی کے سچے،
لرزہ خیز اور ہیبت ناک کارنامے

جسے

ڈاکٹر عبدالوحید بی۔اے آنرز۔پی۔ایچ۔ڈی (لندن)

کے زیرِ ہدایت

شعبۂ تالیفات
"فیروز سنز" پرنٹرز اینڈ پبلشرز۔ لاہور
نے مرتب کیا

فہرستِ مضامین

شمار	مضامین	صفحہ
۱	سنہری جال	9
۲	بھوانی کی غلامی	19
۳	خونی رومال	30
۴	امیر علی کا پہلا شکار	40
۵	نواب سبزی خاں	51
۶	لالچی بھٹیارہ	62
۷	خونِ ناحق	78
۸	امیر علی کی محبوبہ	93
۹	بدنصیب جوہری	105
۱۰	امیر علی کا انجام	109

تعارف

جب حکومت کمزور ہو جاتی ہے۔ اور ملک میں چاروں طرف فتنہ و فساد کی گرم بازاری کی وجہ سے امن و امان قائم نہیں رہتا تو رعایا پر طرح طرح کی آفتیں ٹوٹ پڑتی ہیں۔ آج سے کوئی ڈیڑھ سو برس پہلے جب مغلوں کی شوکت و عظمت کا آفتاب غروب ہو رہا تھا تو ہندوستان میں ٹھگوں کا ایک ایسا گروہ پیدا ہوگیا جو بظاہر شریف اور ایماندار تاجروں کی زندگی بسر کرتے تھے۔ لیکن در اصل اُن کا پیشہ یہ تھا کہ وہ اِکے دُکے مسافروں کے گلے میں رومال کا پھندا ڈال کر انہیں ہلاک کر دیتے۔ اور اُن کا مال و اسباب لوٹ لیتے۔ کئی سال تک اِن ٹھگوں نے وسطِ ہند میں اندھیر مچائے رکھا۔ آخر لارڈ ہیسٹنگز کے زمانے میں حکومت نے اِن نابکاروں کا قلع قمع کر ڈالا۔ اور اس طرح اُن کی ہولناک اور مہلک سرگرمیوں کا ہمیشہ کے لئے خاتمہ ہوگیا۔

"ٹھگوں کا بادشاہ" امیر علی کی زندگی کی ایک دلچسپ اور

سبق آموز داستان ہے۔ اِس سے معلوم ہوتا ہے کہ کِس طرح ایک ایسا بچّہ جس کے ماں باپ کو اِن ظالم ٹھگوں نے ٹھکانے لگا دیا تھا۔ اُن کی تربیت کے زیرِ اثر خود بڑا ٹھگ بن گیا۔ اُس نے ہزاروں بے گناہوں کو اُسی طرح موت کے گھاٹ اُتارا۔ جس طرح اُس کے ماں باپ کو اُتارا گیا تھا۔ وُہ بارہا قانون کے پھندے میں پھنسا۔ لیکن ہر مرتبہ صاف بچ نکلتا۔ آخر اُس نے اپنے کیئے کی سزا پائی۔ اور عمر کا آخری حصّہ قید میں گزارا۔

"ٹھگوں کے بادشاہ" میں امیر علی کے کارنامے ایسے ہیبت ناک ہیں کہ اِن کے پڑھنے سے جسم کے رونگٹے کھڑے ہو جاتے ہیں اور دل میں گناہ سے شدید نفرت کا جذبہ پیدا ہو جاتا ہے۔

"ٹھگوں کے بادشاہ" کی تالیف میں کرنل ٹیلر کی کتاب موسومہ "ایک ٹھگ کے اعترافاتِ گناہ" سے مدد لی گئی ہے۔

لاہور
یکم جولائی ۱۹۴۱ء

عبدالوحید
ڈائرکٹر شعبۂ تالیفات "فیروز سنز"

ٹھگوں کا بادشاہ

۱۔ سُنہری جال

امیر علی کے گھر میں آج بہت چہل پہل تھی ۔ اس کا باپ ایک امیر آدمی تھا اس نے کئی نوکر چاکر اور گھوڑے گاڑیاں رکھی ہوئی تھیں۔ اب وہ اپنے بیوی بچوں سمیت اندور جانے کی تیاریاں کر رہا تھا۔ یہی وجہ تھی کہ آج گھر میں ہر شخص مصروف نظر آتا تھا۔ کوئی بستر باندھ رہا تھا۔ کوئی صندوق میں ضروری سامان بند کر رہا تھا۔ سائیس گھوڑوں کو مالش کر رہے تھے۔

امیر علی آخر بچہ ہی تھا۔ کب تک اِس تیاری میں لگا رہتا؟ آنکھ بچا کر باہر نکل آیا اور بچوں کے ساتھ گلی میں کھیلنا شروع کر دیا۔

ابھی بچے کھیل کُود میں لگے ہوئے تھے کہ ایک

خوبصورت اور رُعب والا جوان گھوڑے پر سوار گلی میں سے گذرا۔ بچّوں کو کھیلتے دیکھ کر نہ جانے اسے کیا خیال آیا کہ گھوڑے کی باگ روک لی اور دلچسپی سے ان کے معصومانہ کھیل دیکھنے لگا۔ امیر علی ماں باپ کی آنکھوں کا تارا ہونے کی وجہ سے اِن سب بچوں میں زیادہ نمایاں تھا۔ اس کا خوبصورت بشاش چہرہ۔ صاف ستھرا اور قیمتی لباس۔ اور کلائی میں سونے کے کنگن صاف بتا رہے تھے کہ وہ امیر اور آسودہ حال ماں باپ کی آنکھوں کا نور اور دِل کی ٹھنڈک ہے۔ سوار گھوڑے سے اترا اور امیر علی کے پاس جا کر اسے گود میں اٹھا لیا۔ پیار کی باتیں کیں۔ منہ چُوما۔ بچّوں سے پیار کیا جائے تو وہ بہت جلد دوست بن جاتے ہیں۔ امیر علی بھی اجنبی سوار کا دوست بن گیا۔ وہ اسے حلوائی کی دوکان پر لے گیا ایک روپے کی مٹھائی لے کر دی۔ منہ چوما اور کہا " جاؤ۔ جا کر کھاؤ۔ کھیلو کودو اور مزے اڑاؤ۔

امیر علی مٹھائی لے کر بچوں میں واپس آیا تو وہ مٹھائی دیکھ کر اس پر ٹوٹ پڑے۔ اور چھینا جھپٹی شروع ہو گئی۔ امیر علی نے گھبرا کر چیخ ماری اجنبی سوار ابھی دور نہیں گیا تھا۔ اپنے ننھے دوست کی چیخ کی آواز سُن کر واپس لوٹا۔ اُسے بچوں سے چھڑایا اور امیر علی کے گھر کا پتہ پوچھ اس کے ماں باپ کے پاس پہنچا دیا ؛

امیر علی کا باپ نوجوان سوار کے نیک سلوک سے بہت خوش ہوا۔ اُسے بڑی عزت سے پلنگ پر بٹھایا۔ خاطر تواضع کی۔ باتوں باتوں میں معلوم ہُوا کہ سوار بھی اِندور جا رہا ہے۔ وہ ایک امیر آدمی ہے اور تیس اور سوار اس کے ساتھ اس کی حفاظت کے لئے جا رہے ہیں۔ ان دنوں سفر کرنا خواہ مخواہ جان کو خطرے میں ڈالنا تھا۔ ہندوستان میں ڈاکوؤں اور ٹھگوں کا زور تھا۔ مغلوں کی سلطنت آخری دموں پر تھی۔ ملک سے امن و امان رخصت ہو چکا تھا آخری مغل بادشاہ صرف نام کے بادشاہ تھے۔ ملک

میں پولیس اور فوج کا کوئی انتظام نہ تھا۔ ڈاکوؤں اور ٹھگوں کی چاندی تھی۔ ٹھگ ڈاکوؤں سے زیادہ خطرناک تھے۔ ان کے بڑے بڑے گروہ سوداگروں یا سپاہیوں کا بھیس بدل کر قافلوں کی صورت میں سفر کیا کرتے تھے۔ جو بدقسمت مسافر ان کے ہتھے چڑھ جاتے۔ یہ رومال سے گلا گھونٹ کر انہیں دھوکے سے مار ڈالتے۔ اور پھر ایک گڑھے میں دبا دیتے۔ اس مطلب کے لئے گڑھے پہلے ہی سے کھود لئے جاتے تھے۔

ٹھگ کسی خاص فرقے یا مذہب سے تعلق نہیں رکھتے تھے۔ اس ناپاک گروہ میں ہندو مسلمان سکھ عیسائی سبھی مذہبوں کے لوگ شامل تھے۔ یہ ٹھگ بھوانی دیوی کو مانتے تھے اس کے آگے چڑھاوے چڑھاتے تھے۔ اپنی مہم پر جانے سے پہلے بھوانی دیوی سے شگون مانگتے تھے۔ اور کامیابی کے بعد سوا روپے کا گڑ بھوانی کے نام پر سارے گروہ میں تقسیم کیا جاتا تھا۔

بے رحمی ۔ سنگ دلی اور ظلم کے لحاظ سے ٹھگوں سے زیادہ قابل نفرت لوگ دنیا میں پیدا ہوئے ہیں نہ ہوں گے ۔ مگر اس کے باوجود ان کے ہاں بھی شرافت اور اخلاق کے کچھ اصول ضرور تھے ۔ مثلاً عورت پر ہاتھ اٹھانا مہا پاپ سمجھا جاتا تھا ۔ ناچ کرنے والی لڑکیوں کا گلا گھونٹنا منع تھا ۔ موچی ۔ چمار ۔ کمہار ۔ جولاہے ۔ تنبولی اور تیلی کو مارنے کی اجازت نہ تھی ۔ ٹھگوں کا خیال تھا کہ اگر کوئی شخص ان اصولوں کو توڑتے ہوئے ان لوگوں پر ہاتھ اٹھائے گا اس پر بھوانی ماتا کا قہر و غضب نازل ہوگا ۔ اسی طرح ٹھگوں کو اس بات کا بھی پختہ یقین تھا کہ بھوانی دیوی ان کے کام میں برکت دیتی ہے دشمنوں سے ان کی حفاظت کرتی ہے ۔ اور اگر کوئی ٹھگ دشمنوں کے پیچھے چڑھ کر مارا جائے تو دیوی اس کا خوفناک انتقام لیتی ہے ۔

اِن ٹھگوں کی وجہ سے لوگ سفر پر جاتے ہوئے بہت گھبراتے تھے ۔ یہی حال امیر علی کے باپ کا

تھا۔ وہ اِندور جانے کی تیاریاں تو کر رہا تھا لیکن اس کا دل خوف کے مارے دھڑک رہا تھا۔ اس کی بیوی علیحدہ گھبرا رہی تھی۔ جب انہوں نے سُنا کہ ان کا نیا دوست بھی اِندور جا رہا ہے اور تیس سوار اس کی حفاظت کے لئے اس کے ساتھ ہیں تو خوشی کے مارے ان کی باچھیں کھل گئیں۔ نوجوان سوار ان پر بہت زیادہ مہربان تھا۔ اس نے خود ہی یہ تجویز پیش کی کہ اگر امیر علی کے ماں باپ اس کے ساتھ سفر کرنے پر آمادہ ہوں تو وہ اِن کی خاطر ایک آدھ دن اور ٹھہر جائے گا۔ اس طرح یہ فائدہ رہے گا کہ انہیں ڈاکوؤں اور ٹھگوں سے ڈرنے کی ضرورت نہیں رہے گی کیونکہ اس کے تیس سوار ان کی حفاظت کے لئے اپنے خون کا آخری قطرہ تک بہانے کو تیار ہوں گے۔ امیر علی کے باپ نے بڑی خوشی کے ساتھ یہ تجویز منظور کر لی۔ نوجوان کا شکریہ ادا کیا اور بڑی عزّت سے اسے رخصت کیا۔ +

نوجوان سوار جس کا نام سید اسمٰعیل تھا۔ امیر علی کے گاؤں سے باہر خیمے گاڑ کر ان میں ٹھہرا ہُوا تھا واپس جا کر اس نے اپنے ساتھیوں سے کہا کہ آج کوچ ملتوی رہے گا۔ ہم پرسوں یہاں سے چلیں گے کیونکہ ایک امیر آدمی یہاں سے اِندور جا رہا ہے۔ وہ بھی ہمارے ساتھ سفر کرنا چاہتا ہے۔ اسمٰعیل کے ساتھی یہ سن کر بہت خوش ہوئے اور اسے مبارک باد دینے لگے۔

امیر علی اور اس کے ماں باپ اپنے وعدے کے مطابق اس قافلے سے آ ملے اور سفر شروع ہُوا سید اسمٰعیل بہت جلد امیر علی کے ماں باپ کا گہرا دوست بن گیا۔ امیر علی کی ماں ایک پالکی میں بیٹھی۔ اس کا باپ ایک گھوڑے پر سوار تھا۔ ان کے ساتھ تین چار نوکر بھی تھے۔ سید اسمٰعیل نے امیر علی کو آگے کی طرف اپنے گھوڑے پر بٹھا رکھا تھا۔ کبھی کبھی وہ گھوڑے سے نیچے اتر کر اس کی باگ تھام لیتا۔ امیر علی گھوڑے کی پیٹھ پر ہی رہتا۔ اس طرح

سید اسمٰعیل معمولی نوکروں کی طرح گھوڑے کی باگ تھامے بڑی دُور تک پیدل چلا جاتا۔ امیر علی کا باپ یہ دیکھ کر بہت خوش ہوتا اور جی ہی جی میں اللہ کا شکر ادا کرتا کہ سفر میں ایسا اچھا ساتھی نصیب ہُوا ورنہ ہر وقت ٹھگوں اور ڈاکوؤں کا ڈر لگا رہتا۔

تین دن تو اسی طرح ہنسی خوشی سے گذر گئے۔ چوتھے دن یہ قافلہ ایک نالہ پار کرنے لگا تو سید اسمٰعیل گھوڑے سے اتر کھڑا ہُوا۔ نالے میں پانی بہت کم تھا۔ امیر علی گھوڑے پر ہی سوار رہا لیکن سید اسمٰعیل نے گھوڑے کی باگ بھی چھوڑ دی۔ مگر گھوڑا اصیل تھا۔ اس لئے بڑے آرام سے چلتا رہا۔ تھوڑا ہی عرصہ گذرا تھا کہ پالکی سے چیخیں بلند ہوئیں۔ امیر علی نے چیخوں کی آواز سُن کر پیچھے مُڑ کر دیکھنا چاہا مگر وہ نالے میں گر پڑا۔ نالے میں پانی نہ ہونے کے برابر تھا۔ جلدی سے اُٹھا تو کیا دیکھتا ہے کہ کچھ لوگ اس کے ماں باپ اور ان کے نوکروں کی لاشوں کو گھسیٹ رہے ہیں۔ یہ وہی سوار تھے جو اِس سے

پہلے ان کی حفاظت کے دعوی دار تھے۔ امیر علی تھا تو بچہ ہی لیکن بہت ذہین تھا۔ سمجھ گیا کہ دشمنوں کے نرغے میں پھنس کر ماں باپ نے جان دی۔ میں بھی اب کوئی دم کا مہمان ہوں۔ مگر پانچ چھ سال کی ننھی جان سے صبر کہاں ممکن تھا۔ رونا۔ پیٹنا اور چیخنا چلانا شروع کر دیا۔ اس کے رونے کی آواز سُن کر ایک شخص بھاگا ہُوا اس کی طرف آیا اور کہنے لگا " اوہو۔ ہمیں اس شیطان کا تو خیال ہی نہیں رہا تھا۔ اب اس کا بھی قِصّہ پاک کئے دیتا ہوں" یہ کہہ کر رومال امیر علی کے گلے میں ڈال کر اِس کا گلا گھونٹنا ہی چاہتا تھا کہ سید اسمٰعیل دُور سے للکارا۔ " خبردار! اس بچّے کو ہاتھ نہ لگائیو۔ خبردار! اسے کوئی تکلیف نہ پہنچے "۔ امیر علی کا گلا گھونٹنے والے نے اپنا ہاتھ روک لیا۔ سید اسمٰعیل نے آکر امیر علی کو گود میں اُٹھا لیا۔ اس پر دونوں آدمیوں میں خوب جھڑپ ہوئی۔ دوسرا شخص سید اسمٰعیل کو بزدلی کے طعنے دیتا تھا اور کہتا تھا "کہ تم بھی عورتوں کی طرح

اس شیطان کی چیخیں سُن کر ڈر گئے اور اب اسے زندہ رکھنا چاہتے ہو" سید اسمٰعیل اسے یہ جواب دیتا تھا کہ "میں اس بچے کو اپنی جان سے زیادہ پیارا رکھتا ہُوں۔ آج سے یہ میرا بیٹا ہے۔ اگر کسی نے اس پر ہاتھ اُٹھایا تو اُس کی خیر نہ ہوگی"۔

اِدھر امیر علی کا بُرا حال تھا۔ وہ زندہ تو بچ گیا تھا لیکن اس کے گلے میں ابھی تک بڑا سخت درد ہو رہا تھا اور وہ اس درد کی وجہ سے کراہ رہا تھا۔ سید اسمٰعیل نے تیل گرم کر کے اِس کے گلے پر مالش کی اور اس طرح درد کچھ کم ہُوا۔ مگر امیر علی برابر روئے چلا جا رہا تھا۔ سید اسمٰعیل نے امیر علی کو پہلے کی طرح گھوڑے پر اپنے آگے بٹھا لیا اور یہ قافلہ دوبارہ روانہ ہُوا۔

سید اسمٰعیل ٹھگوں کا سردار اور یہ قافلہ ٹھگوں کا ایک گروہ تھا! جو شکار کی تلاش میں نکلا تھا!۔

۲۔ بھوانی کی غلامی

سید اسمٰعیل نے گھر پہنچ کر امیر علی کو اپنی بیوی کے حوالے کیا۔ اس نیک عورت کا نام فاطمہ تھا۔ اس نے امیر علی کو دیکھ کر بڑی خوشی ظاہر کی۔ سید اسمٰعیل نے اسے بتایا کہ امیر علی میرے ایک مرے ہوئے رشتہ دار کا بیٹا ہے۔ اس کی ماں بھی مر چکی ہے۔ اس لئے میں نے اسے اپنا بیٹا بنا لیا ہے اور اب یہ ہمارے پاس ہی رہے گا۔ فاطمہ یہ سُن کر بہت خوش ہوئی۔ امیر علی کو گود میں اٹھا لیا۔ جی بھر کر پیار کیا۔ اچھے اچھے کپڑے پہنائے اور کہا کہ "بیٹا اب میں تمہاری ماں ہوں۔ اپنی ماں کو بھول جاؤ میں اس سے کہیں زیادہ تم سے پیار کروں گی اور تمہیں کسی قسم کی تکلیف نہ ہونے دوں گی۔"

وقت گذرتا گیا۔ دن مہینے اور مہینے سال بنتے چلے گئے۔ امیر علی نے سید اسمٰعیل کے گھر میں اس کے بیٹے کی طرح پرورش پائی اور اب جوان ہو چلا تھا۔

اسے اپنے ماں باپ بالکل بھول چکے تھے۔ ان کی یاد بچپن میں ہی دل و دماغ سے نکل چکی تھی۔ اور یاد تھی بھی کیا؟ ایک ہلکا سا سایہ تھا جو زمانہ گزرنے کے ساتھ ساتھ مٹتا چلا گیا۔ امیر علی اسمٰعیل کو ہی اپنا باپ سمجھتا تھا۔ اور حق یہ ہے کہ اس نے بھی حقیقی اولاد کی طرح امیر علی کی پرورش کی۔ اسے اچھے اچھے کپڑے پہناتا۔ بہتر سے بہتر کھانا کھلاتا۔ امیر علی کی ہر خواہش پوری کرتا۔ اس کی تعلیم کے لئے اسے گاؤں کے ملاّ کے سپرد کیا۔ جس نے امیر علی کو قرآن پڑھایا۔ اور اسلام کے متعلق ضروری تعلیم دی۔

سید اسمٰعیل اپنے شہر میں کپڑے کی تجارت کرتا تھا اور اس کا شمار شہر کے بڑے معزز سوداگروں میں ہوتا تھا۔ لیکن وہ عام طور پر سال میں سے چھ مہینے سفر پر ہی رہتا تھا۔ امیر علی یہ بھول چکا تھا کہ اس کا باپ ٹھگوں کا سرغنہ ہے۔ اس لئے وہ یہی سمجھتا تھا کہ سید اسمٰعیل چھ مہینے سفر پر اس لئے رہتا ہے کہ وہ اس عرصے میں دوسرے شہروں سے اپنی دوکان کیلئے کپڑے خریدتا رہتا ہے

اور باقی چھ مہینے اس مال کو اپنے شہر میں فروخت کرتا ہے۔ لیکن یہ بات اس کی سمجھ میں نہیں آتی تھی کہ مال خریدنے کے لئے چھ مہینے گھر سے باہر رہنے کی کیا ضرورت ہے؟ اسے کیا معلوم تھا کہ اس کا باپ جو ظاہر میں ایک نہایت پرہیز گار اور نیک دِل سوداگر نظر آتا ہے۔ اصل میں ایک نہایت سنگ دِل اور بے رحم ٹھگ ہے جو چھ مہینے اپنے ساتھیوں کے ساتھ غریب مسافروں کا گلا گھونٹتا اور ان کا مال لُوٹتا رہتا ہے اور باقی چھ مہینے اپنے شہر میں ایک شریف اور معتبر سوداگر کی حیثیت سے گزارتا ہے۔ امیر علی تو امیر علی خود فاطمہ کو بھی یہ پتہ نہ تھا کہ اس کے خاوند کا اصل پیشہ کیا ہے؟

رفتہ رفتہ امیر علی کو بھی شک گزرنے لگا۔ سید اسمٰعیل چونکہ ٹھگوں کے گروہ کا سردار تھا۔ اس لئے یہ لوگ اکثر صلاح مشورے کے لئے اس کے گھر پر آیا کرتے تھے۔ امیر علی کی سمجھ

میں یہ بات نہ آتی تھی کہ یہ خفیہ مشورے کس چیز کے متعلق ہوتے ہیں؟ اور یہ جو اتنی راز داری سے کام لیا جاتا ہے۔ آخر اس کی وجہ کیا ہے؟ اس نے اس بھید کا پتہ لگانے کی بہت کوشش کی مگر اس کا باپ اس قسم کے کام اس سے چھپا کر کیا کرتا تھا۔

ایک دِن گھر میں اسی قسم کا خفیہ مشورہ ہو رہا تھا۔ بہت سے ٹھگ ایک کمرے میں جمع تھے اور بڑی بلند آواز سے کسی بات پر جھگڑ رہے تھے۔ اتفاق سے امیر علی پاس کے کمرے میں بیٹھا تھا لیکن سید اسمٰعیل یا دوسرے ٹھگوں کو پتہ نہیں تھا کہ لڑکا اِن کی باتیں سُن رہا ہے۔ امیر علی نے سُنا کہ ایک شخص سید اسمٰعیل سے کہہ رہا ہے "سردار! امیر علی اب تو جوان ہو گیا ہے۔ تم نے اس کے متعلق بھی کچھ سوچا ہے یا نہیں؟"

سید اسمٰعیل بولا" میں خود اسی فکر میں ہوں۔

میرا لڑکا بڑا خوبصورت جوان ہے۔ اب اسے بھی کام پر لگانا چاہئے۔ انشاء اللہ یہ بڑا نامی سردار ثابت ہوگا۔"

"کیوں نہ ہو سید صاحب۔ آخر بیٹا بھی تو آپ کا ہی ہے نا۔ نامی سردار کا بیٹا نام نہیں پیدا کرے گا تو اور کون نام پیدا کرے گا" "تو پھر انتظار کس بات کا ہے؟ بھوانی ماتا سے نیک شگون لے کر اسے پوتر گڑ کھلا دو"

"اچھا میں سوچوں گا بھئی"

"واہ سردار! اس میں سوچنے کی اب بات ہی کیا رہ گئی ہے؟ لڑکا گبرو جوان ہے۔ جب تک تم سوچتے رہو گے اس وقت تک تو یہ کئی شکار مار لے گا۔ ان باتوں میں وقت نہ ضائع کرو۔ ایک دو دِن تک بھوانی سے شگون لے کر امیر علی کو پوتر گڑ کھلا دو تاکہ اس مہم پر بھی اُسے اپنے ساتھ ہی لے چلیں"

"اچھا گنیشے! اگر تمہاری یہی رائے ہے تو

میں کل ہی امیر علی سے بات کروں گا اور پھر بھوانی ماتا سے شگون لے کر اسے گروہ میں شامل کر لیا جائے گا۔

امیر علی یہ باتیں سُن کر حیران سا رہ گیا۔ یہ کون لوگ ہیں؟ مسلمان ہو کر بار بار بھوانی ماتا کا نام کیوں لیتے ہیں؟ اور میرا باپ تو بڑا دیندار سید ہے وہ پوتر گُڑ کا بار بار ذکر کیوں کرتا ہے؟ یہ لوگ مجھے کس مہم میں اپنے ساتھ لے جانا چاہتے ہیں؟ اور گروہ سے اِن کی مُراد کیا ہے؟ یہ اور اسی قِسم کے دوسرے سوال امیر علی کو بہت پریشان کرتے رہے۔ وہ اپنے اُستاد مُلّا جی کے پاس بھی گیا مگر وہ اس کی تشفی نہ کر سکے۔ انھوں نے اسے قرآن پڑھنے کی ہدایت کی۔ گھر واپس آ کر امیر علی نے قرآن پڑھا مگر اس کے دِل کو اطمینان نہ حاصل ہُوا۔ رات کو جب وہ بستر پر لیٹا تو یہی سوالات اسے ستا رہے تھے۔ اسی اضطراب میں اسے رات بھر نیند نہ آئی اور وہ اِدھر

اُدھر کروٹیں بدلتا رہا۔

صبح ہوئی تو امیر علی کے چہرے سے ابھی تک پریشانی کے آثار صاف نظر آ رہے تھے۔ تھوڑے عرصہ بعد سید اسمٰعیل اس کے پاس آیا۔ اور اسے اپنی چھاتی سے لگا لیا۔ سَر اور ماتھا چُوما اور کہنے لگا "بیٹا اب تم جوان ہو چکے ہو۔ اس لئے میں نہیں چاہتا کہ تم سے کوئی بات چھُپا کر رکھی جائے۔ ہم چاہتے ہیں کہ اب تمہیں باقاعدہ اپنے گروہ میں شامل کر لیا جائے۔"

امیر علی پہلے ہی شوق کی تصویر بنا بیٹھا تھا۔ کہنے لگا۔ "خدا کے لئے جلد فرمائیے۔ میں تو کل سے تڑپ رہا ہوں کہ آخر آپ مجھے کس گروہ میں شامل کرنا چاہتے ہیں۔"

"تو تم نے کل کیا ہماری ساری باتیں سُن لی تھیں؟"

"جی ہاں۔ میں ساتھ ہی کے کمرے میں بیٹھا سب کچھ سُن رہا تھا۔"

"چلو اچھا ہُوا۔"

اس کے بعد سید اسمٰعیل نے امیر علی کو بتایا کہ وہ کپڑے کا معمولی سوداگر نہیں بلکہ ٹھگوں کے ایک زبردست گروہ کا سردار ہے۔ اِس نے اُسے اپنے پیشے کے تمام ہتھکنڈے بتائے اور اسے یقین دلایا کہ یہ کام مذہب یا خُدا اور رسُولؐ کے حُکم کے خلاف نہیں۔ ہم جس کسی کی جان لیتے ہیں اللہ کے حُکم سے لیتے ہیں۔ ہمارے رُومال میں جو طاقت آتی ہے وہ اللہ بخشتا ہے ورنہ میری یا میرے ساتھیوں کی کیا مجال کہ ایک چیونٹی کو بھی ہلاک کر سکیں؟ ہم اللہ کی طرف سے اسی کام پر مقرر کئے گئے ہیں۔ بھوانی ماتا ہمیں اس میں برکت دیتی اور ہماری حفاظت کرتی ہے۔ اب تم جوان ہو گئے ہو۔ میں چاہتا ہوں کہ تمہیں اب باقاعدہ اپنے گروہ میں شامل کر لیا جائے۔ تاکہ جب خُدا مجھے اپنے پاس بلا لے تو تم میری جگہ لے سکو۔

امیر علی سادہ دل نوجوان تھا۔ اور اس کے دل میں اپنے باپ کی بہت عزت تھی۔ یہ چکنی چپڑی باتیں سُن کر سید اسمٰعیل کے جال میں پھنس گیا اور کہنے لگا "خُدا کے لئے مجھے جلد از جلد اپنے گروہ میں شامل کر لیجئے میں اب زیادہ دیر تک انتظار نہیں کر سکتا" سید اسمٰعیل نے اسے بتایا کہ ہم لوگ بھوانی دیوی کے چیلے ہیں اور کوئی بات اس کی اجازت کے بغیر نہیں کر سکتے۔ تین دن بعد ہم سب ایک میدان میں جمع ہوں گے اور وہاں کالی ماتا سے تمہارے متعلق اجازت مانگیں گے۔ اگر دیوی نے اچھا شگون دے دیا تو تمہیں اسی وقت اس گروہ میں شامل کر لیا جائے گا۔

آخر تین دن بھی گزر گئے اور امیر علی کے ٹھگ بنائے جانے کی رسم ادا کرنے کا وقت سر پر آ پہنچا۔ اس دن دسہرہ تھا۔ تمام

ٹھگ صاف ستھرے کپڑے پہن کر سید اسمٰعیل کے گھر جمع ہوئے۔ ایک کمرے سفید چاندنی پر سب کو بٹھایا گیا۔ اس کے بعد سید اسمٰعیل امیر علی کو لئے ہوئے کمرے میں داخل ہُوا اور کہنے لگا" میں امیر علی کو پیش کرتا ہوں۔ کیا تم لوگ اسے بطور ایک ٹھگ اور بھائی کے اپنے گروہ میں شامل کرنے کو تیار ہو؟"

سب نے بلند آواز سے جواب دیا۔" ہم تیار ہیں۔"

اس کے بعد سب لوگ ایک کھلے میدان میں جمع ہو گئے۔ امیر علی کے باپ نے اپنے ہاتھ اور آنکھیں آسمان کی طرف اُٹھا کر کہا" اے بھوانی! دھرتی ماتا!! ہم تیرے چیلے ہیں۔ اپنے اس خادم کو قبول کر اور ہمیں ایسا شگون دے جس سے ہمیں یہ معلوم ہو سکے کہ تو نے اسے اپنی غلامی میں لینا منظور کر لیا ہے" اس کے بعد سب لوگ خاموش ہو کر شگون کا انتظار

کرنے لگے۔ کافی عرصہ تک خاموشی طاری رہی تھوڑے عرصہ بعد قریب کے ایک درخت سے اُلّو بولا اس پر سب ٹھگ زور سے پُکارے "جے بھوانی! بھوانی ماتا کی جے" امیر علی کو مبارکبادیں ملنے لگیں۔ دیوی نے اسے اپنی غلامی میں لینا منظور کر لیا تھا۔

اس کے بعد سب لوگ واپس اسی کمرے میں جمع ہوئے۔ ٹھگی کا نشان اور ٹھگوں کا ہتھیار یعنی سفید رومال امیر علی کی داہنی کلائی پر باندھا گیا اور اس نے دایاں ہاتھ اوپر اُٹھا کر قسم کھائی کہ وہ ساری عمر اپنے گروہ کا وفادار رہے گا۔ اس کے بعد قرآن ہاتھ میں لے کر اس نے دوبارہ اسی حلف کو دُہرایا۔ جب یہ رسم ادا ہو چکی تو پوتّر گڑ منگوایا گیا اور سب میں تقسیم کیا گیا۔ ٹھگوں کا عقیدہ تھا کہ جس نے ایک مرتبہ یہ "پوتّر" گڑ کھا لیا وہ ساری عمر بھوانی ماتا کی غلامی سے سرتابی

کی جرأت نہیں کر سکتا۔ جب یہ رسم ختم ہو گئی تو سید اسمٰعیل کو سب لوگ مُبارک باد دینے لگے۔ امیر علی کو ایک گُرگ باراں دیدہ بڈھے خرانٹ ٹھگ کے سُپرد کر دیا گیا کہ وہ اسے اپنے کام میں طاق کر دے۔

۳۔ خُونی رُومال

امیر علی بہت جلد ٹھگی کے سارے ڈھنگ اور ہُنر سیکھ گیا اور اب اس کے دِل میں ہر وقت یہ خواہش چٹکیاں لینے لگی کہ جلد از جلد کسی مہم پر روانہ ہو اور اپنے کارنامے دِکھا کر باپ کی خوشنودی حاصل کرے۔ اُدھر باپ بھی چاہتا تھا کہ بیٹے کو زبانی تعلیم تو مل گئی اب اسے عملی تربیت بھی دینی چاہئے۔ تھوڑے عرصہ بعد ہی مہم روانہ ہوئی۔ امیر علی کا باپ اس کا سردار تھا اور اس کے ماتحت تین سو ٹھگ تھے۔ لیکن سفر پر روانہ ہونے سے پہلے

شگون لینا ضروری تھا۔ اس لئے سب لوگ میدان میں جمع ہوئے۔ پیتل کے ایک برتن سے جس میں لبا لب پانی بھرا تھا ایک ڈوری باندھی گئی۔ امیر علی کے باپ نے اس ڈوری کو دانتوں میں دبا لیا اور آگے بڑھا پھر جنوب کی طرف مُنہ کیا۔ اپنا بایاں ہاتھ سینے پر رکھا۔ ادب سے آنکھیں آسمان کی طرف اُٹھائیں۔ اور بلند آواز سے پکار کر کہا "دھرتی ماتا! ہماری سر پرست اور بچانے والی! اگر تو اس مہم کو پسند کرتی ہے۔ تو ہماری مدد کر اور اپنی منظوری کا شگون دے" یہ کہہ کر سید اسمٰعیل خاموش ہو گیا۔ اور اس کے بعد باقی لوگوں نے اسی دُعا کو دُہرایا۔ آدھ گھنٹہ تک موت کی سی خاموشی طاری رہی۔ ٹھگوں کا عقیدہ تھا کہ اگر یہ برتن سید اسمٰعیل کے مُنہ سے گر پڑا تو اسی مہم کے دوران میں اس کی موت واقع ہو جائے گی کیونکہ

برتن کا گرنا بھوانی کی ناراضگی ظاہر کرتا ہے۔ اس کے بعد اگر وہ بڑی ڈھیل دے تب بھی سردار زیادہ عرصہ زندہ نہیں رہ سکتا اور ایک سال کے اندر اندر مر جائے گا۔

آدھ گھنٹہ کے بعد دُور سے ایک گدھے کی رنیکنے کی آواز آئی۔ سب ٹھگوں نے خوشی سے "جے بھوانی" کے نعرے لگائے۔ گدھے کا رنیکنا ایک نہایت مُبارک شگون سمجھا جاتا تھا اور وہ سب خوش تھے کہ اس مہم میں بڑی دولت ہاتھ آئے گی۔

آخر مہم روانہ ہوئی۔ سفر بڑا لمبا تھا۔ کئی دِن یونہی گزر گئے اور کوئی شکار نہ مِلا۔ آخر یہ لوگ گنیش پور پہنچ گئے۔ شہر سے باہر پڑاؤ ڈال دیا گیا۔ اور کچھ ٹھگوں کو شہر میں بھیج دیا گیا۔ ان کا کام مسافروں کو ورغلانا اور شکار پھانسنا تھا یہ لوگ سارا دِن غائب رہے۔ شام کو واپس آکر ان میں سے ایک ٹھگ نے جس کا نام

گوپال تھا سید اسمٰعیل کو یہ خوشخبری دی کہ ایک بڑا موٹا شکار پھنسنے والا ہے اور امید ہے کہ اس سے بڑی دولت ہاتھ آئے گی۔ سردار نے اسے سارا حال کھول کر سُنانے کو کہا تو گوپال نے بتایا کہ وہ شکار کی تلاش میں پھرتے پھراتے اس نے ایک موٹے تازے ساہوکار اور تھوک کے ایک دوکان دار کو جھگڑتے دیکھا۔ دوکان دار ساہوکار کے ساتھ بڑی سختی سے پیش آ رہا تھا اور اسے بڑی گالیاں دے رہا تھا۔ میں آگے بڑھا تو ساہوکار نے مجھے کہا کہ "دیکھیے ایک تو اِس شخص نے لین دین میں بے ایمانی کی ہے۔ دوسرے اب یہ اُلٹا مجھے گالیاں دے رہا ہے۔ آپ اس کی بددیانتی اور بدزبانی کے گواہ رہیئے گا۔ میں اسے قاضی کے سامنے لے جاؤں گا" میں نے ساہوکار کا حمایتی بن کر دوکان دار کو خوب ڈانٹا اور ڈانٹ ڈپٹ سے معاملہ طے کروا دیا۔ ساہوکار مجھ سے بڑا خوش ہُوا اور

کہنے لگا "آپ کا بڑا دھنباد ہو۔ آپ نے میری عزت اور روپیہ بچا لیا" اس کے بعد وہ میرا حال پوچھنے لگا کہ میں کون ہوں ؟ کہاں سے آیا ہوں ؟ اور کیا کرتا ہوں ؟ میں نے اسے بتایا کہ ہم مسافر ہیں اور شہر کے باہر ٹھہرے ہوئے ہیں۔ ہم لوگ اکٹھے سفر کرتے ہیں۔ کیونکہ آج کل ٹھگوں کا بہت خطرہ ہے۔ وہ کہنے لگا "خوب۔ میں خود اس شہر میں مسافر ہوں۔ تبھی تو میری بے عزتی ہو رہی تھی۔ میں ایک راجہ کا ملازم ہوں اور اب اس کے پاس ناگپور جا رہا ہوں"۔

میں نے کہا "ناگپور ؟ اچھا تو آپ بھی ناگپور جا رہے ہیں ؟

بھئی پرماتما نے خوب ملایا۔ ہم خود ناگپور کے رستے دکن جا رہے ہیں۔ تب تو یہ سفر بڑے مزے میں کٹے گا۔ آپ بھی ہمارے ساتھ ہی چلئے۔ دوستوں کی صحبت میں سفر کا دکھ بھول جائے گا"۔

سید اسمٰعیل یہ سُن کر بہت خوش ہوا اور کہنے لگا" شاباش گوپال۔ لیکن جلدی سُناؤ کہ وہ ہمارے جال میں کب پھنسے گا؟ گوپال بولا" سردار سنیئے تو۔ میں کوئی یونہی چھوڑ دینے والا تھوڑا ہوں آخر تمہارا شاگرد ہوں۔ میں نے اسے ٹھگوں کے ظلم کے بہت سے قصّے سُنائے اور خوب ڈرایا میں نے اسے یہاں تک ڈرا دیا ہے کہ وہ اب شہر میں بھی نہیں رہنا چاہتا بلکہ کُل شام کو ہی ہمارے پاس آ جائے گا۔ میں نے اسے یقین دلا دیا ہے کہ ہماری جمعیت بہت مضبوط ہے۔ اور ٹھگ یا ڈاکو ہمیں نقصان پہنچانے کی کوشش نہیں کر سکتے اور اگر وہ اس قسم کا بُرا ارادہ ظاہر بھی کریں تو ہم اتنے طاقت ور ہیں کہ انہیں مُنہ کی کھانی پڑے گی۔ اب آپ تسلّی رکھیں وہ کل خود بخود آکر ہمارے جال میں پھنس جائے گا۔"

سب ٹھگ یہ سُن کر بہت خوش ہوئے اور

بڑی بے تابی سے ساہوکار کی آمد کا انتظار کرنے لگے۔ گوپال کے کہنے کے مطابق دوسرے دن شام کو وہ اپنے نوکروں سمیت ٹھگوں کے خیموں میں آگیا۔ گوپال نے امیر علی کے باپ سے اس کا تعارف کرایا۔ اس کے ساتھ سات نوکر بھی تھے ساہوکار کی شکل و صورت اور وضع قطع سے معلوم ہوتا تھا کہ وہ معزز آدمی ہے اور کسی بڑے خاندان سے تعلق رکھتا ہے۔ سید اسمٰعیل نے اس کی بڑی آؤ بھگت کی۔ ساہوکار بار بار گوپال اور سید اسمٰعیل کا شکریہ ادا کرتا تھا کہ انہوں نے اسے اپنی حفاظت میں لے لیا ہے۔ اس غریب کو کیا معلوم تھا کہ وہ خود چل کر موت کے منہ میں آپھنسا ہے۔

ان لوگوں کے آنے سے پہلے ہی ان کی موت کا فیصلہ ہو چکا تھا۔ ایک بڑا سا گڑھا پہلے سے کھود لیا گیا تھا تاکہ ان کا گلا گھونٹنے کے بعد ان کی لاشیں اس میں دبائی جا سکیں۔

جب تھوڑی سی رات گزر گئی تو سب لوگ سید اسمٰعیل کے خیمہ میں جمع ہو گئے اور ایک دوسرے سے قصّے کہانیاں کہنے لگے۔ یہ بات پہلے سے طے ہو چکی تھی کہ ساہوکار کا قصّہ آج ہی تمام کر دیا جائے۔ اور صبح سویرے ہی یہ قافلہ یہاں سے کوچ کر جائے۔ امیر علی نے اس سے پہلے ٹھگوں کو یہ ہولناک کارنامہ سر انجام دیتے ہوئے نہیں دیکھا تھا۔ اس لئے جوں جوں مقررہ وقت قریب آتا جاتا تھا۔ اس کی پریشانی اور اضطراب بڑھتا جا رہا تھا۔ اسے پتہ تھا کہ یہ بد قسمت ساہوکار اور اس کے سات نوکر آج بیک وقت موت کے گھاٹ اتارے جائیں گے۔ وہ دیکھ رہا تھا کہ ساہوکار آنے والے خطرے سے بے خبر نہایت خوش خوش بیٹھا اس کے مکار باپ کی باتیں سُن رہا ہے اور بار بار اس کا شکریہ ادا کرتا ہے کہ اس نے اسے ٹھگوں اور ڈاکوؤں سے بچا

لیا ہے۔ امیر علی دیکھ رہا تھا کہ ایک ایک نوکر کے پیچھے تین تین ٹھگ بیٹھے اس کے باپ کے اشارے کا انتظار کر رہے ہیں جونہی اس نے اشارہ کیا سفید لیکن خونی رومال حرکت میں آئیں گے اور ایک ہی جھٹکے میں زندوں کو مُردوں کی صف میں شامل کر دیں گے۔ ساہوکار کی موت خود سید اسمٰعیل کے ہاتھوں ہوگی۔ وہ دیکھ رہا تھا کہ بڈھا سردار اپنے خوفناک ہتھیار سے کھیل رہا ہے۔ اس کی آنکھوں میں قاتلانہ چمک ہے لیکن موٹا ساہوکار بے خبر بیٹھا حقہ پی رہا ہے۔ امیر علی اس نظارے کی تاب نہ لا سکا۔ اس کی آنکھیں زیادہ دیر تک یہ نظارہ برداشت نہیں کر سکتی تھیں۔ وہ اُٹھا اور اُٹھ کر خیمے سے باہر چلا گیا۔ اس کا باپ بھانپ گیا کہ نوجوان بیٹے کا دِل ابھی تک کمزور ہے۔ موت کو ساہوکار کی آنکھوں کے سامنے ناچتے دیکھ کر گھبرا اُٹھا ہے۔ وہ بھی بیٹے کے بعد اٹھا اور

اسے خیمے سے باہر جا لیا۔ کہنے لگا "امیر علی یہ کیا بیہودگی ہے؟ تم سید اسمٰعیل کے بیٹے ہو۔ پہلی آزمائش میں ہی گھبرا گئے۔ میرے ساتھیوں میں مجھے ذلیل کرانا چاہتے ہو؟ بزدل نہ بنو اور فوراً اندر چلے آؤ"

امیر علی بولا "میں خود شرمندہ ہوں کہ میں نے وہ حوصلہ نہیں دکھایا جو مجھے دکھانا چاہئے تھا لیکن آپ اطمینان رکھئے۔ میں چند منٹ کے بعد اندر آ جاؤں گا اور پھر کسی قسم کی گھبراہٹ کا اظہار نہیں کروں گا"

اس کا باپ یہ سن کر واپس چلا گیا۔ اور ساہوکار سے باتوں میں مشغول ہو گیا۔ امیر علی کچھ دیر اِدھر اُدھر ٹہلتا رہا اور پھر دل کو مضبوط کر کے خیمہ کے اندر آ گیا۔ اور عین ساہوکار کے سامنے اپنے باپ کے پاس جا بیٹھا۔ پندرہ بیس منٹ بعد سید اسمٰعیل نے زور سے کہا "پان لاؤ" یہ موت کا اشارہ تھا! اس کے یہ کہنے کی دیر

تھی کہ آٹھ سفید رومال حرکت میں آئے اور ایک منٹ کے بعد آٹھ لاشیں زمین پر تڑپ رہی تھیں ساہوکار کا کام خود سید اسمٰعیل نے تمام کیا تھا۔ اس کے بعد لاشوں کو گھسیٹ کر باہر لایا گیا۔ اور ایک ایک کرکے اسی گڑھے میں جو پہلے سے اس مطلب کے لئے کھود رکھا گیا تھا۔ ڈال دیا گیا۔ گڑھے کو مٹی سے بھر چکنے کے بعد سب لوگ واپس خیمے میں آئے اور سوا روپے کا "پوتر گڑ" تقسیم کیا گیا۔

اُس رات امیر علی کو نیند بالکل نہیں آئی۔ ساہوکار کی تصویر رات بھر اس کی آنکھوں کے سامنے پھرتی رہی۔ لیکن جب وہ صبح اُٹھا تو اس کے باپ نے اس کی پیٹھ پر تھپکی دی اور کہا کہ اگلی مہم میں تم سے بھی کام لیا جائے گا۔

۴۔ امیر علی کا پہلا شکار

ناگپور تک رستے میں کوئی قابل ذکر واقعہ پیش نہیں

آیا ٹھگوں نے اگے دُکے مسافروں کو سڑک پر ضرور ہلاک کیا مگر کوئی موٹی اسامی اِن کے ہاتھ نہ آئی۔ ناگپور پہنچ کر انہوں نے شہر کے باہر خیمے گاڑ دیئے مگر سید اسمٰعیل اور دو چار اور معتبر صورت ٹھگ شہر میں چلے گئے اور اپنے آپ کو سوداگر ظاہر کیا۔ ساہوکار کے قتل سے انہیں نقد روپیہ بھی کافی ہاتھ آیا تھا لیکن اس کے علاوہ ساہوکار کے پاس بہت سا قیمتی سامان بھی تھا اور ٹھگ چاہتے تھے کہ اسے ناگپور میں فروخت کر کے اس کے ٹکے کھرے کر لئے جائیں۔

اسی لین دین کے دوران میں سید اسمٰعیل کو ایک ساہوکار سے معلوم ہُوا کہ وہ اپنے کاروبار کے سلسلہ میں حیدر آباد جانا چاہتا ہے۔ سید اسمٰعیل نے ساہوکار کو بتایا کہ وہ خود بھی حیدر آباد ہی جا رہا ہے۔ لیکن چونکہ راستے پُر خطر ہیں اور ہر وقت ٹھگوں کا ڈر لگا رہتا ہے۔ اس لئے اس نے اکیلے سفر کرنے کی بجائے سپاہیوں کے ایک

قافلہ کو کچھ دے دلا کر اس بات پر رضامند کر لیا ہے کہ وہ اسے اپنی حفاظت میں حیدر آباد لے چلیں۔ یہ سپاہی نظام کی فوج میں ملازم ہیں چھٹی لے کر اپنے گھروں کو آئے ہوئے تھے۔ اور اب واپس جا رہے ہیں۔ ساہوکار پہلے ہی ٹھگوں سے ڈرتا تھا۔ سید اسمٰعیل نے ٹھگوں کے ظلم کے دو چار قصے ایسے سنائے کہ غریب کے رونگٹے کھڑے ہوگئے اور کہنے لگا "میر صاحب اگر آپ کسی طرح مجھے بھی اپنے ساتھ لے چلیں تو بڑی کرپا ہوگی۔ میں آپ کا یہ احسان عمر بھر نہ بھولوں گا"

سید اسمٰعیل بولا "یہ بات میرے اختیار میں نہیں میں تو خود ان سپاہیوں کی مہربانی اور عنائیت کا فائدہ اٹھا رہا ہوں۔ میں آپ کو کس طرح اپنے ساتھ لے جا سکتا ہوں؟"

ساہوکار کہنے لگا "پرماتما کے لئے میری خاطر کچھ نہ کچھ ضرور کیجئے۔ میرا حیدر آباد جانا ضروری

ہے اور اگر میں اکیلا اس سفر پر روانہ ہُوا تو میرا زندہ و سلامت حیدر آباد پہنچنا ناممکن ہے۔ جب آپ ایسے بہادر اور مضبوط و توانا لوگ اکیلے سفر کرتے ہوئے ڈرتے ہیں تو میں غریب اتنی ہمت کہاں سے لاؤں ؟ آپ جس طرح بھی بن پڑے ضرور مجھے اپنے ہمراہ لے چلئے"

سید اسمٰعیل بولا" میں ٹھیک وعدہ تو کر نہیں سکتا ۔ البتہ سپاہیوں کا سردار ایک نوجوان آدمی ہے اور میری بڑی عزت کرتا ہے ۔ اس سے کہہ دیکھوں گا اگر وہ مان گیا تو بڑی خوشی کی بات ہوگی ۔ ہم لوگ آپ کی خاطر دو چار دن اور یہاں ٹھہر جائیں گے ۔ اتنے میں آپ سفر کا سامان دُرست کر لیجئے ۔ پھر اکٹھے حیدر آباد کو روانہ ہو جائیں گے ۔

ساہوکار یہ سُن کر بڑا خوش ہُوا ۔ سید اسمٰعیل کا شکریہ ادا کیا ۔ اور بڑی دُور تک اسے چھوڑنے کے لئے اس کے ساتھ آیا ۔

سید اسمٰعیل نے ڈیرے میں جاکر ٹھگوں کو خوشخبری سنائی کہ ایک موٹا تازہ شکار پھانس کر آ رہا ہوں۔ پھر اس نے امیر علی کو بلایا اور کہنے لگا "بیٹا! تم "پوتر گُڑ" تو کھا ہی چکے ہو۔ اب صرف اس بات کی کسر رہ گئی تھی کہ تم اپنے ہاتھ سے بھوانی ماتا کے قدموں میں انسانی زندگی کی بھینٹ چڑھاؤ۔ یہ رسم بھی انشاء اللہ بہت جلد پوری ہو جائے گی۔ اپنے دل کو ابھی سے مضبوط کر لو۔ اس ساہوکار کی زندگی کا خاتمہ تمہارے ہاتھوں ہوگا" امیر علی بولا "ابا جان میرا دل بڑا مضبوط ہے۔ میں تو عرصہ سے اس دن کی راہ دیکھ رہا تھا جب میری قوتِ بازو کا امتحان ہوگا اور میں اس امتحان میں کامیاب ہو کر خوشنودی حاصل کروں گا"

سید اسمٰعیل نے کہا "شاباش بیٹا۔ تم نے اپنے باپ کے نام کی لاج رکھ لی۔ انشاء اللہ ایک دن ایسا آئے گا جب میں آرام سے

ایک گوشے میں جا بیٹھوں گا اور سرداری تمہارے سپرد کر دی جائے گی"

دوسرے دِن سید اسمٰعیل ساہوکار کے پاس گیا اور کہنے لگا کہ "سپاہیوں کا سردار پہلے تو میری بات کو بالکل مانتا ہی نہ تھا۔ وہ کہتا تھا کہ ایک ساہوکار کا اپنے ساتھ لے جانا خواہ مخواہ ٹھگوں اور ڈاکوؤں کو اپنے اوپر حملہ کرنے کی دعوت دینا ہے۔ اس لئے ہم تمہارے دوست کو اپنے ہمراہ نہیں لے جا سکتے۔ لیکن میرے بہت زور دینے پر وہ مان گیا ہے۔ اب تم جلدی کرو۔ ایک دو دِن کے اندر سارا سامانِ سفر درست کر لو اور قافلے میں آ ملو۔ ورنہ سپاہیوں کے مزاج تم جانتے ہو۔ کیا پتہ کب بگڑ جائیں اور تمہارا انتظار کئے بغیر ہی چل دیں"

ساہوکار یہ سُن کر بہت خوش ہُوا اور کہنے لگا "میر صاحب پرماتما آپ کو خوش رکھے۔ آپ نے مجھ پر جو احسان کیا ہے وہ عمر بھر

یاد رکھوں گا۔ میں دو دن کیا کل ہی سارا سامان لے کر آپ کے قافلے سے آملوں گا۔ آپ سردار صاحب کی خدمت میں بھی میری طرف سے ان کا شکریہ ادا کر دیں"

سید اسمٰعیل کہنے لگا" یہ تو میں تمہارے کہے بغیر ہی کر چکا ہوں۔ تم نے اپنے لین دین میں جس ایمان داری کا ثبوت دیا۔ اس سے میں بہت خوش ہوا ہوں اور اب مجھے تم سے زیادہ تمہارا خیال رہتا ہے۔"

ڈیرے میں واپس آکر سید اسمٰعیل نے بتایا کہ ساہوکار کل ہمارے پاس آ رہا ہے۔ اس لئے آج ہی بھوانی ماتا سے شگون لے لینا چاہئے کہ آیا وہ اس قربانی کو قبول کرتی ہے یا نہیں؟ چنانچہ حسبِ معمول سب ٹھگ ایک کھلے میدان میں جمع ہوئے۔ سید اسمٰعیل درمیان میں کھڑا ہو گیا اس نے اپنا بایاں ہاتھ سینے پر رکھا اور آنکھیں آسمان کی طرف اُٹھا کر نہایت ادب سے

کہا۔ اے بھوانی ماتا! کیا تو ہماری نئی قربانی کو قبول کرتی ہے؟ اگر تجھے اپنے چیلوں کی یہ بھینٹ منظور ہے تو ہماری مدد کر اور ہمیں نیک شگون دے" کچھ عرصہ تک خاموشی طاری رہی۔ پھر دُور سے ایک گدھے کی رینگنے کی آواز آئی۔ سب ٹھگوں نے مل کر بڑے زور سے "جے بھوانی" کا نعرہ لگایا۔ ان کی قربانی منظور کر لی گئی تھی اور وہ بہت خوش تھے۔

ساہوکار اپنے وعدے کے مطابق دوسرے دن دوپہر کو ہی ڈیرے میں آ پہنچا۔ اور شام کو یہ قافلہ روانہ ہُوا۔ یہ بات پہلے سے طے ہو چکی تھی کہ ساہوکار کی زندگی کا خاتمہ امیر علی کے ہاتھوں ہوگا۔ لیکن ابھی اس امر کا فیصلہ نہ ہُوا تھا کہ یہ کام کب اور کس جگہ سر انجام دیا جائے؟ سید اسمٰعیل کسی اچھے موقعہ اور جگہ کا انتظار کر رہا تھا۔ لیکن امیر علی کو وہ ہر روز اپنے پاس بلا کر پُوچھ لیتا تھا کہ اس کا دل مضبوط ہے یا نہیں؟

امیر علی اس پر جھنجھلا اُٹھتا اور کہتا کہ "آپ میرے صبر کا زیادہ امتحان کیوں کر رہے ہیں۔ آج ہی مجھے حکم دیجئے اور پھر دیکھئے کہ میں کس چابکدستی سے اس ناپاک ساہوکار کو ٹھکانے لگاتا ہوں۔"

مگر اس کا باپ کہتا "بیٹا ابھی وہ مبارک دن نہیں آیا۔ جب تم اپنے ہاتھ سے بھوانی دیوی کے قدموں میں انسانی زندگی کی پہلی بھینٹ چڑھاؤ گے۔ ابھی دو چار دن اور انتظار کرو۔ اس کے بعد ہم لوگ تمہارا کمال دیکھیں گے اور اس کی داد دیں گے"

آخر وہ دن بھی آ پہنچا۔ امیر علی کو اطلاع دی گئی کہ آج رات کو تمہیں ساہوکار کا کام تمام کرنا ہوگا۔ اس کے ساتھ چار نوکر بھی تھے۔ اِن کی جان لینے کے لئے دوسرے چار ٹھگ مقرر کر دئیے گئے۔ ایک بڑا سا گڑھا پہلے سے کھود لیا گیا۔ غرضیکہ ساہوکار کی جان لینے کی تمام تیاریاں مکمل کر لی گئیں۔ رات ہوئی تو سب

لوگ سید اسمٰعیل کے خیمہ میں جا بیٹھے۔ بہانہ یہ کیا گیا تھا کہ سید اسمٰعیل کے کچھ نوکر آج ناچ اور گانے سے قافلے کا دِل بہلائیں گے تاکہ سفر کی تکلیف کا خیال تھوڑے عرصہ کے لئے دِل سے دُور ہو جائے۔

سید اسمٰعیل نے امیر علی کو سپاہیوں کا سردار ظاہر کیا تھا۔ اس لئے اسے ایک نمایاں جگہ پر بٹھایا گیا۔ ساہوکار کے متعلق سید اسمٰعیل نے کہا کہ یہ میرے بڑے عزیز اور معزز دوست ہیں اس لئے اسے بھی امیر علی کے پاس ہی جگہ دی گئی لیکن یہ جگہ امیر علی کی نشست سے ذرا نیچے تھی۔ خود اسمٰعیل امیر علی کے بالکل پاس آ کر بیٹھ گیا۔

سید اسمٰعیل کے نوکروں نے ناچنا شروع کیا ساہوکار بڑا خوش تھا کہ اس کی اتنی عزت افزائی کی گئی اور سپاہیوں کے سردار کے پاس جگہ دی گئی۔ اِدھر باپ بیٹوں میں کچھ اور ہی منصوبے

ہو رہے تھے۔

امیر علی باپ کے اشارے کا انتظار کر رہا تھا کہ کب حکم ملے اور میں اپنے پہلے شکار کو موت کی نیند سُلاؤں؟ چاروں نوکروں کے پیچھے ایک ایک ٹھگ رومال لئے بیٹھا تھا کہ اشارہ ہوتے ہی اِن کا گلا گھونٹ ڈالے۔

ناچ جاری تھا اور ساہوکار اس دلچسپی سے اسے دیکھ رہا تھا کہ وہ سید اسمٰعیل اور امیر علی کی کانا پھوسی بھی نہ سُن سکا۔ سید اسمٰعیل نے امیر علی سے پُوچھا "تمہارا دل اور ہاتھ تو مضبوط ہیں؟"

امیر علی بولا" دونوں مضبوط ہیں۔ حکم دیجئے۔ خود بخود امتحان ہو جائے گا" سید اسمٰعیل بہت خوش ہُوا۔ لیکن ابھی اس نے حکم نہیں دیا۔ وہ چاہتا تھا کہ امیر علی کی بے تابی بڑھتی جائے۔ جب اس نے دیکھا کہ امیر علی بے صبر ہوا جا رہا ہے۔ تو اس نے زور سے پُکارا "تمباکو لاؤ"

یہ موت کا اشارہ تھا۔ حکم ملنے کی دیر تھی

کہ امیر علی نے اپنا پھندا اپنے نیچے اور آگے بیٹھے ہوئے بے خبر ساہوکار کے گلے میں ڈال دیا۔ ایک منٹ تک خر خر کی آواز آتی رہی لیکن دوسرے منٹ میں ساہوکار کی بے حس و حرکت لاش زمین پر پڑی تھی۔ چاروں نوکر بھی اسی طرح مارے جا چکے تھے۔ پانچوں لاشیں گڑھے میں دبا دی گئیں اور ٹھگ امیر علی اور اس کے باپ کو اس کے پہلے کارنامے پر مبارک بادیں دینے لگے۔ اس کا باپ آج بہت خوش تھا کہ بیٹے نے کامیابی سے پہلا شکار مارا۔ امیر علی کی خوشی کا بھی کوئی ٹھکانا نہ تھا۔ وہ آج جامے میں پھولا نہ سماتا تھا۔

۵۔ نوّاب سبزی خاں

اس کے بعد قافلہ آگے بڑھا۔ اسی سفر کے دوران میں عظیمہ نامی ایک خوبصورت لڑکی ٹھگوں کے ہتھے چڑھ گئی۔ امیر علی اسے دیکھ کر دِل ہاتھ سے دے بیٹھا۔ سید اسمٰعیل نے بھی اس

رشتہ کی کچھ زیادہ مخالفت نہ کی۔ اس لئے امیر علی اور عظیمہ نے آپس میں شادی کر لی۔ اور اس کی پالکی بھی ٹھگوں کے قافلہ کے ساتھ ہی روانہ ہوئی لیکن سید اسمٰعیل کا حکم تھا کہ دُلھن کو کسی طرح بھی یہ معلوم نہ ہونے پائے کہ ہم لوگ ٹھگ ہیں۔ اسے یہی یقین دلائے رکھو کہ ہم سوداگر ہیں۔ چنانچہ اس بے چاری کو پتہ ہی نہ چل سکا کہ اس کا خاوند کون ہے؟ اور اس کا اصل پیشہ کیا ہے؟

جب یہ قافلہ فیض پور کے شہر کے قریب پہنچا تو انہوں نے سستانے کے لئے شہر سے کچھ دُور ڈیرے ڈال دیئے۔ امیر علی اور دو چار دوسرے ٹھگوں کو شہر میں بھیجا گیا کہ کوئی موزوں شکار ملے تو پھانس لائیں۔

امیر علی اِدھر اُدھر پھر رہا تھا کہ اسے ایک بوڑھا منشی مل گیا۔ اس نے امیر علی کے لباس سے پہچان لیا کہ مسافر اور اس شہر میں نووارد

ہے۔ پوچھنے لگا "کہاں سے آنا ہُوا؟ اور کس طرف کے ارادے ہیں؟"

امیر علی بولا" میرا باپ گھوڑوں کا سوداگر ہے ہم لوگ ناگپور کی طرف سے آئے تھے۔ اور اب واپس جا رہے ہیں"

منشی کہنے لگا" کتنے آدمی ہیں آپ کے قافلہ میں"

"یہی کوئی ڈیڑھ سو کے قریب ہوں گے بات یہ ہے کہ سفر خطرناک ہیں اور ٹھگوں کا ہر وقت ڈر لگا رہتا ہے۔ اس لئے ہم مسافر لوگ اکٹھے مِل کر سفر کرتے ہیں تاکہ اگر کوئی مصیبت آ پڑے تو اس کا مقابلہ کیا جا سکے"

منشی ٹھگوں کا نام سُن کر کہنے لگا" ہاں ہاں اِن ٹھگوں نے آج کل بڑا اودھم مچا رکھا ہے تم تو غریب اور پُر امن سوداگر ہو۔ بڑے بڑے بہادروں کا پتہ ٹھگوں کا نام سُن کر پانی ہو جاتا ہے۔ تم نے نواب سبزی خاں کا نام تو سُنا

"ہی ہوگا؟"

"کون نواب سبزی خاں؟ یہ نام تو کچھ نا آشنا اور بڑا عجیب سا ہے۔ معاف کیجئے گا نواب سبزی خاں سچ مچ کسی نواب کا نام ہے؟ تو میں تم سے جھوٹ کہہ رہا ہوں۔ ارے میاں یہ کوئی مذاق نہیں۔

نواب سبزی خاں تو یہاں کے بہت بڑے رئیس ہیں۔ لیکن تمہیں کیا پتہ؟ تم تو مسافر ہو اور شاید آج ہی اس شہر میں آئے ہو"

"ہاں یہی بات ہے۔ دوسرے مجھے یہ نام کچھ دلچسپ سا معلوم ہوا"

"میر صاحب بات یہ ہے کہ نواب صاحب کا اصل نام تو کچھ اور ہی ہے لیکن چونکہ بھنگ بہت پیتے ہیں اس لئے ان کا نام نواب سبزی خاں پڑ گیا ہے اور یہ نام کچھ ایسا مشہور ہوا ہے کہ اصل نام کو کوئی جانتا ہی نہیں"

امیر علی بولا" اچھا تو یہ نواب صاحب بہت

بڑے آدمی ہوں گے؟ بڑی دولت ہوگی ان کے پاس؟"

"اجی میر صاحب یہ بھی کوئی پوچھنے کی بات ہے۔ نواب ابن نواب ابن نواب پوتڑوں کے امیر ہیں۔ اِن کے پاس دولت نہیں ہوگی تو اور کس کے پاس ہوگی؟ لیکن اصل بات تو بیچ میں ہی رہ گئی۔ ہاں تو میں کہہ رہا تھا کہ آپ لوگ تو سوداگر ہیں۔ سوداگروں کو لڑنے بھڑنے سے کیا کام؟ یہ نواب سبزی خاں بڑے بہادر اور مشہور جنگجو ہیں۔ کئی معرکے مار چکے ہیں۔ لیکن ٹھگوں سے یہ بھی ڈرتے ہیں اور گھر سے باہر قدم نہیں نکالتے"

امیر علی کہنے لگا "لیکن انہیں ٹھگوں سے ڈرنے کی کیا ضرورت ہے؟ ٹھگ انہیں کیا نقصان پہنچا سکتے ہیں؟ وہ تو صرف غریب مسافروں کو ہی لوٹنا جانتے ہیں۔ نواب سبزی خاں کا ڈر مجھے تو کچھ بے جا ہی معلوم ہوتا ہے۔"

بوڑھا منشی کہنے لگا" میر صاحب آپ میری بات نہیں سمجھے۔ نواب سبزی خاں بھوپال جانا چاہتے ہیں۔ وہاں ان کے رشتہ دار نواب ہیں۔ انہوں نے بلایا ہے۔ مگر ٹھگوں کے ڈر کے مارے سفر پر روانہ نہیں ہوتے"

امیر علی یہ سن کر بہت خوش ہوا کہ خوب شکار پھنسا لیکن خوشی کے جذبات کو چھپا کر بولا "اگر آپ مجھے نواب صاحب کی خدمت میں لے چلیں تو میں انہیں اپنے قافلے کے ساتھ چلنے کے لئے عرض کروں۔ ہم لوگ بھی اسی طرف جا رہے ہیں۔ اور آپ جانتے ہیں کہ اتنے بڑے گروہ پر حملہ کرتے ہوئے ٹھگ بہت ڈرتے ہیں۔

منشی یہ سن کر بہت خوش ہوا۔ اسے امید تھی کہ نواب سبزی خاں امیر علی کی اس تجویز کو منظور کر لیں گے اور منشی کو بھی خوش ہو کر کچھ نہ کچھ انعام عطا فرمادیں گے۔

بوڑھا منشی امیر علی کو نواب سبزی خاں کے حضور

میں لے گیا۔ نواب صاحب کی عمر پچاس برس کے لگ بھگ ہوگی۔ مگر اِن کی مضبوطی اور توانائی میں ابھی تک کوئی فرق نہیں آیا تھا۔ ان کا چہرہ انار کے دانوں کی طرح سُرخ تھا۔ اور اس سے شان و شوکت اور رعب داب ٹپک رہا تھا۔ منشی نے آداب بجا لاکر عرض کیا کہ "یہ نوجوان میر صاحب گھوڑوں کے سوداگر ہیں اور اپنے باپ کے ہمراہ بھوپال جا رہے ہیں۔ ان کے قافلے میں ڈیڑھ سو آدمی شریک ہیں۔ اتفاق سے بازار میں اُن سے ملاقات ہو گئی اور باتوں باتوں میں حضُور کے ارادۂ سفر کا ذکر بھی آگیا۔ میر صاحب نے حضُور کی خدمت میں حاضر ہونے کی خواہش ظاہر کی۔ اس لئے میں انہیں یہاں لے آیا ہوں"

نواب سبزی خاں بولے "آئیے میر صاحب آپ کا آنا سر آنکھوں پر۔ فرمائیے۔ میں آپ

کی کیا خدمت کر سکتا ہوں"

امیر علی بولا "حضور میں نے منشی جی سے سُنا کہ حضور بھوپال جانا چاہتے ہیں مگر ٹھگوں کی وجہ سے کچھ ہچکچا رہے ہیں۔ ہم لوگ بھی بھوپال جا رہے ہیں اور چونکہ ہماری جمعیت کافی مضبوط ہے۔ اس لئے ہمیں ٹھگوں سے کوئی خطرہ نہیں ہیں یہ عرض کرنے کو حاضر ہوا ہوں کہ اگر حضور گستاخی نہ سمجھیں اور پسند فرمائیں تو ہمیں اپنی معیت کا شرف بخشیں۔ ہم آپ کی خدمت کو سعادت سمجھیں گے"

نواب صاحب یہ سُن کر بہت خوش ہوئے امیر علی کی تعریف کی اور کہا کہ "میں دو چار دن تک سامانِ سفر درست کر کے آپ صاحبان سے آ ملوں گا۔ اللہ کا بڑا احسان ہے کہ اس نے آپ کو یہاں بھیج دیا ورنہ نہ جانے کب تک میرا بھوپال کا سفر ملتوی رہتا۔ آپ اپنے والد سے جا کر میرا سلام کہہ دیجئے۔ میں جلد

ان کے نیاز حاصل کروں گا۔

امیر علی نے واپس آکر اپنے باپ کو یہ خوشخبری سنائی کہ ایک سنہری چڑیا دام میں پھنسی ہے۔ باپ نے اس کی پیٹھ ٹھونکی اور چھاتی سے لگا کر کہا کہ شاباش بیٹا اگر اسی طرح تم بھوانی ماتا کو خوش کرتے رہے۔ تو وہ یقیناً تم پر اپنی برکتیں نازل کرے گی۔"

تیسرے دن نواب سبزی خاں دس سواروں سمیت قافلہ میں آ ملے امیر علی کے باپ نے بڑی عزت اور احترام سے نواب سبزی خاں کا استقبال کیا دوسرے دن یہ قافلہ فیض پور سے روانہ ہُوا۔ سید اسمٰعیل حیران تھا کہ نواب سبزی خاں کا خاتمہ کس طرح کیا جائے؟ نواب اور اس کے ساتھی سوار پوری طرح مسلح تھے اور ان پہ ہاتھ ڈالنا آسان کام نہیں تھا۔ لیکن ایسا قیمتی شکار مفت میں بھی نہیں چھوڑا جا سکتا تھا آخر ایک دن مقرر کر ہی دیا گیا۔ اور تمام ٹھگوں کو

مناسب ہدایات دے دی گئیں۔
مقررہ دن پر قافلہ سستانے کے لئے ایک جگہ ٹھہر گیا۔ رات کو حسب معمول راگ رنگ کی محفل جمائی گئی۔ پانچ چھ ٹھگوں نے ناچنا شروع کر دیا دو ایک گانے لگے۔ کچھ دفیں بجا رہے تھے۔ نواب صاحب اپنی ایک خوبصورت لونڈی کے ہاتھوں بھنگ کے پیالے پئے جا رہے تھے اور ناچ دیکھنے میں محو تھے۔ ان کے سواروں کے پیچھے بھی ٹھگ موقع کی تاک میں بیٹھے تھے۔ نواب صاحب کے اِدھر اُدھر چار ٹھگ بیٹھے تھے۔ ان کا کام تمام کرنے کا ذمہ خود سید اسمٰعیل نے لیا تھا۔ آخر موقع تاک کر اس نے کہا "پان لاؤ" اشارہ پانے کی دیر تھی کہ ٹھگوں نے سواروں کو گرا لیا۔ سبزی خاں کا گلا سید اسمٰعیل نے گھونٹ ڈالا۔ لیکن لونڈی کا کسی کو خیال ہی نہ رہا۔ اسے بھی ہلاک کرنے لگے تھے کہ غفور خاں نامی ایک ٹھگ بولا۔ اسے چھوڑ دو پھر اس نے

لونڈی سے کہا " میں ابھی تک غیر شادی شدہ ہوں ۔تم مجھ سے شادی کر لو تو زندگی بچ جائے گی ۔ ورنہ مفت میں جان سے ہاتھ دھو بیٹھو گی"۔ مگر وفادار لونڈی اپنے آقا کے ماتم میں زار قطار روئے جا رہی تھی ۔ غفور خاں نے اسے بہت ورغلانے کی کوشش کی مگر وہ اس کے جال میں نہ پھنسی ۔ جب قافلہ چلا تو غفور خاں نے اسے اپنے گھوڑے پر اپنے آگے بٹھا لیا لیکن وہ اسی طرح واویلا کر رہی تھی ۔ غفور خاں نے اسے تلوار سے زخمی بھی کر دیا مگر وہ اس پر بھی خاموش نہ ہوئی اور یہی کہتی رہی کہ میرے آقا کی طرح مجھے بھی قتل کر ڈالو ۔ میں اس کے بغیر زندہ نہیں رہنا چاہتی ۔ آخر اس ڈر سے کہ کہیں اس کے رونے دھونے سے ہمارا راز فاش نہ ہو جائے ایک ٹھگ نے سید اسمٰعیل کے حکم سے اس لونڈی کا گلا گھونٹ ڈالا ۔ مگر غفور خاں کو اس کا اتنا صدمہ ہوا کہ وہ

اس دن سے فقیر ہو گیا۔ اور ہمیشہ ہمیشہ کے لئے اپنے پیشہ سے توبہ کر لی ۔

۶۔ لالچی بھٹیارہ

امیر علی کا ستارہ اب بلندی پر تھا۔ اس نے جس مہم کا بیڑہ اٹھایا اس میں کامیاب ہُوا۔ دولت اب اس کے گھر کی لونڈی تھی۔ اقبال اس کا غلام تھا۔ ٹھگوں میں دُور دُور تک اِس کی شہرت پھیل چکی تھی۔ سید اسمٰعیل نے بڑی حد تک اپنے اس کاروبار میں سرگرم حصّہ لینا چھوڑ دیا تھا۔ اور اب ٹھگوں کا اصل سردار امیر علی ہی تھا۔

دو سال کا عرصہ امیر علی نے آرام سے اپنے بیوی بچّوں میں گزارا لیکن بھوانی دیوی کے چیلے زیادہ عرصہ تک بیکار گھر نہیں بیٹھ سکتے۔ "پوتر گڑ" کی تاثیر یہی ہے کہ جو اسے ایک دفعہ کھا لے وہ دیوی کی غلامی کے حلقے سے باہر نہیں نکل

سکتا۔ امیر علی نے ٹھگوں کا ایک نیا جتھہ تیار کیا۔ اس میں پچاس تجربہ کار ٹھگ شامل تھے۔ امیر علی کے نائب دو مشہور اور پرانے ٹھگ موتی اور پیر خاں تھے۔

یہ قافلہ ناگپور کی طرف روانہ ہُوا۔ رستے میں ٹھگوں نے انیس مسافروں کو ہلاک کیا مگر یہ بد قسمت مسافر اتنے غریب تھے کہ امیر علی کے ہاتھ کچھ بھی نہ آیا۔ وہ حیران تھا کہ یہ مہم ناکام کیوں ثابت ہو رہی ہے؟ شاید بھوانی ماتا ناراض ہو؟ شاید نواب سبزی خاں کی لونڈی کا قتل اسے ناپسند گزرا ہو؟ بہر حال دال میں کالا ضرور ہے۔ ورنہ امیر علی اور ناکامی ایک جگہ جمع نہیں ہو سکتے۔

آخر یہ قافلہ ساگور پہنچ گیا۔ امیر علی نے شہر کے باہر خیمے گاڑ دیئے اور دو ٹھگوں کو شکار پھانسنے کے لئے شہر میں بھیج دیا۔ شام کو ایک ٹھگ پیر خاں کے پاس آیا اور کہنے

لگا" خاں صاحب مبارک ہو۔ ایک شکار تاڑ آیا ہوں۔ بھوانی ماتا کی کرپا سے پھنس بھی جائے گا"

پیر خاں بولا "امیر آدمی ہے کیا؟ بھوکا ننگا تو نہیں"

"بہت امیر آدمی ہے خاں صاحب۔ رحیم سرائے والا کہتا ہے کہ مجھے دو سو روپیہ دلوا دو تو اسے تمہارے پاس بھیج دوں گا"

رحیم سرائے والے کا نام سُن کر پیر خاں کو بڑا طیش آیا۔ رحیم در اصل ساگور کا ایک بھٹیارہ تھا۔ اور اس کا پیشہ یہ تھا کہ امیر مسافروں کو ٹھگوں کے جال میں گرفتار کروا دیتا اور ٹھگوں سے انعام کے طور پر کچھ نہ کچھ لے لیتا۔ معاملہ یہیں تک رہتا تو ٹھگوں کو اس کے خلاف کوئی شکایت نہ پیدا ہوتی مگر بھٹیارہ بہت چالاک آدمی تھا۔ اسے تقریباً سبھی ٹھگوں کے بھید معلوم تھے۔ اس لئے وہ انہیں یہ دھمکی دے کر کہ

تمہارا بھید ظاہر کر دوں گا۔ ہر ایک سے کچھ نہ کچھ ہتھیا لیتا۔ پیر خاں اسے خوب جانتا تھا۔ جب اس نے رحیم کا یہ پیغام سُنا کہ دو سو روپیہ بھیج دو تو شکار تمہارے ڈیرے پر پہنچ جائے گا تو اسے بڑا غصہ آیا۔ فوراً امیر علی کے پاس پہنچا اور کہنے لگا "میر صاحب اس خبیث بھٹیارے کا بھی کوئی علاج سوچا ہے آپ نے؟"

"کون بھٹیارہ؟ رحیم سے مراد ہے تمہاری؟"

جی ہاں یہی رحیم۔ اب یہ اپنے کُند اُسترے سے ہمیں مونڈنا چاہتا ہے۔ میر صاحب! غضب خُدا کا اس بھٹیاری کے بچے کی جرأت دیکھو کہ آپ کو حکم دیتا ہے کہ دو سو روپیہ بھیج دو تو شکار ملے گا ورنہ نہیں۔"

"کیا ہم سے دو سو مانگتا ہے؟ پیر خاں اسے آج ہی یہاں بُلا کر اس کا قصّہ پاک کئے دیتا ہوں۔ اس نے سینکڑوں غریب ٹھگوں کو ڈرا ڈرا کر انہیں لوٹا ہے۔ اب یہ سید

امیر علی پر ہاتھ صاف کرنا چاہتا ہے۔ ابھی اس کا مزہ چکھائے دیتا ہوں"

"لیکن وہ یہاں آنے سے تو رہا۔ آپ لاکھ کوشش کریں۔ وہ سرائے سے باہر ہی نہیں نکلے گا۔ یہی تو سب سے بڑی مصیبت ہے۔ ورنہ میں پچھلی مہم پر ہی اسے جہنم پہنچا دیتا"

"خان صاحب صبر تو کیجئے۔ میں گنیشے کو بھیجتا ہوں اگر آج رات ہی کو نہ آیا تو مجھے سید امیر علی نہ کہنا۔ ادھر آؤ بھئی گنیشے!"

گنیشا آیا تو امیر علی نے اس سے یہ کہا کہ رحیم کو جا کر ٹھگوں کی خفیہ زبان میں کہو کہ میر صاحب تم پر بہت خوش ہیں اور تمہارا شکریہ ادا کرتے ہیں۔ آج شام کو ان کے خیمے میں آ کر اپنے انعام کا دو سو روپیہ لے جاؤ۔ اور اگر وہ پوچھے کہ میر صاحب کے پاس کچھ اور روپیہ بھی تھا یا نہیں تو کہنا کہ تھیلہ بھرا پڑا تھا نہ جانے کتنے ہزار روپیہ ہوگا۔"

گنیشا یہ حکم سُن کر شہر کی طرف روانہ ہو گیا۔ امیر علی پیر خاں سے کہنے لگا" میں اس لالچی کتے رحیم کو خوب سمجھتا ہوں۔ روپے کا نام سُن کر یہ بھاگتا ہُوا آئے گا۔ میرا تیر نشانے پر بیٹھے گا۔"

پیر خاں بولا" میر صاحب ہمیں تو کوئی امید نظر نہیں آتی کہ آپ کی چال کامیاب ثابت ہو رحیم بھی ایک ہی کایاں ہے۔ اس آسانی سے اس کا ہمارے جال میں خود بخود آکر پھنس جانا ناممکن معلوم ہوتا ہے۔"

امیر علی نے کہا" آپ ابھی سے مایوس کیوں ہوئے جاتے ہیں۔ گنیشے کا انتظار تو کیجئے۔امیر علی نے وہ تیر پھینکا ہے کہ عین نشانے پر جا کر بیٹھے گا۔"

پیر خاں بولا" میر صاحب اگر یہ بات ہو تو مجھ سے بڑھ کر خوشی کس کو ہوگی؟ اس بدمعاش رحیم نے ایک دفعہ مجھ سے بھی تیس روپے

بٹورے تھے۔"
شام ہوئی تو گنیشا امیر علی کے خیمے کی طرف آتا ہوا دکھائی دیا۔ مگر رحیم اس کے ساتھ نہ تھا۔ پیر خاں اور موتی امیر علی کے پاس ہی بیٹھے تھے۔ کہنے لگے " دیکھا میر صاحب ہم نہ کہتے تھے کہ یہ لالچی کتا گرگ باراں دیدہ ہے۔ اس آسانی سے موت کے منہ میں چل کر نہیں آئے گا۔"
امیر علی نے جواب دیا " ذرا گنیشے سے ساری بات سُن لوں تو پھر کچھ کہوں گا۔"
اتنے میں گنیشا بھی آ پہنچا۔ امیر علی نے کہا " سناؤ گنیشے۔ اکیلے ہی چلے آئے تم؟"
گنیشا بولا " مائی باپ۔ پوری عرض سُن لیجئے۔ میں نے رحیم کو حضور کا پیغام پہنچا دیا۔ پہلے تو بہت خوش ہوا۔ کہنے لگا میر صاحب مجھ پر اس قدر مہربان کیوں ہیں؟ میں نے کہا تم اتنا موٹا شکار ان کی خدمت میں پیش کر رہے ہو۔ دو سو روپے تو تمہارا جائز حق ہے۔ میں نے اسے

بتایا کہ میر صاحب نے میرے سامنے تھیلے میں سے دو سو روپے نکال کر الگ رکھ لئے۔ تھیلے کا نام سُن کر وہ چونک اٹھا کہنے لگا تو تھیلے میں اور بھی بہت روپیہ ہوگا؟ میں نے اسے بتایا کہ تھیلے میں دو تین ہزار سے کم کیا ہوگا؟ پھر مجھ سے پوچھنے لگا کہ جب میر صاحب نے تمہیں یہ پیغام دیا تو اس وقت پیر خاں تو ان کے پاس نہیں تھا؟ میں نے اسے بتایا کہ میر صاحب بالکل اکیلے تھے۔ اب میں واپس جا رہا ہوں۔ تمہیں آنا ہے تو مجھ سے کہہ دو یا میرے ساتھ چلو۔ فضول میرا وقت کیوں ضائع کر رہے ہو؟ اِس پر وہ مجھے ایک کمرے میں لے گیا اور کہنے لگا دیکھو گینشئے تمہیں میر صاحب کی طرف سے بہت تھوڑے پیسے ملتے ہوں گے۔ تم شکل و صورت سے ہی غریب اور تباہ حال نظر آ رہے ہو۔ ان کی نوکری چھوڑ دو اور میرے

پاس آ جاؤ ۔ میرے پاس ہزاروں روپے ہیں
اور تم جانتے ہو میرے کوئی اولاد تو ہے نہیں
اپنے بعد یہ سارا روپیہ تمہیں ہی دیتا جاؤں گا
کہو میری تجویز منظور ہے ؟ میں نے بھی رضا
مندی کے اظہار کے لئے سر ہلا دیا ۔ اس پر
بڑا خوش ہوا اور مجھے چھاتی سے لگا لیا ۔ کہنے لگا
اب یہ بتاؤ کہ میر صاحب روپے والا تھیلہ
کہاں رکھتے ہیں ؟ میں نے کہا صحیح جگہ تو
مجھے معلوم نہیں لیکن میرا خیال ہے کہ اپنے
تکئے کے نیچے ہی رکھتے ہوں گے ۔ کہنے لگا
تمہیں پورا یقین ہے نا کہ اس میں دو تین ہزار
روپیہ ہوگا ؟ میں نے کہا میں نے اپنی آنکھوں
سے دیکھا ہے ۔ شاید تین ہزار سے بھی زیادہ
ہو ۔ کہنے لگا بڑی اچھی بات ہے سردار صاحب
سے کہنا کہ میرا روپیہ شہر سے باہر پیپل کا
جو پرانا درخت ہے اس کی جڑ میں جو سوراخ ہے
اس میں ڈال دیں ۔ میں خود نکلوا لوں گا ۔ میں

نے کہا تو تم میرے ساتھ نہیں چلو گے۔ کہنے لگا میں رات کو آؤں گا۔ تم جاگتے رہنا لیکن ظاہر یہی کرنا کہ بے ہوشی کی نیند سو رہے ہو۔ میں آؤں گا اور امیر علی کے سرہانے کے نیچے سے تھیلہ نکال کر لے جاؤں گا۔ واپس آتے ہوئے تمہیں بھی ٹھوکر لگاتا جاؤں گا۔ تم میرے پیچھے ہی چلے آنا۔ میں نے ہاں کر لی۔ اب وہ رات کو یہاں آئے گا"

امیر علی یہ ماجرا سن کر بہت خوش ہوا۔ اور پیر خاں سے کہنے لگا۔"دیکھا خاں صاحب۔ یہ لالچی کتا روپے کی ہڈی کے لالچ میں خود شیر کے گڑھ میں چوری کرنے کی نیت سے آ رہا ہے یا نہیں؟"

پیر خاں بولا" میر صاحب آپ کا اقبال زیادہ ہو۔ یہ اسی کی برکت ہے کہ رحیم خاں ہمارے جال میں پھنس رہا ہے ورنہ اس شخص کو دھوکہ دینا سخت مشکل ہے"

امیر علی سرِ شام ہی سے منہ لپیٹ کر پڑ رہا۔ پیر خاں اور موتی اس کے بستر کے نیچے چھپ کر لیٹ گئے۔ گنیشا دروازے پر سویا اور اگرچہ وہ جاگ رہا تھا لیکن بظاہر اس زور سے خراٹے لے رہا تھا کہ امیر علی کو بھی شک گزرنے لگا کہ کہیں کم بخت سچ مچ ہی تو نہیں سو گیا؟ امیر علی کو اسی حالت میں لیٹے ہوئے دو تین گھنٹے گزرے ہوں گے کہ اس نے ایک سائے کو اپنے خیمے میں حرکت کرتے ہوئے دیکھا۔ وہ سمجھ گیا کہ رحیم آ پہنچا۔ رحیم دبے پاؤں اس کے بستر کے قریب آیا اور اس پر جھک کر دیکھا کہ آیا وہ گہری نیند سو رہا ہے یا نہیں جب یہ اطمینان کر لیا تو اس کے سرہانے جا بیٹھا۔ تھیلہ واقعی امیر علی کے تکئے کے نیچے پڑا تھا۔ مگر اسے نکالا کیسے جائے؟ اس وقت تھیلہ عین اس کے سر کے نیچے تھا۔ رحیم نے ایک تنکا اٹھایا۔ اور آہستہ سے امیر علی کے کان

میں داخل کر دیا۔ وہ جانتا تھا کہ امیر علی اس پر کروٹ بدلے گا۔ چنانچہ ایسا ہی ہوا۔ امیر علی نے کروٹ بدل لی۔ بھٹیارے نے موقع کو غنیمت سمجھ کر تھیلہ اٹھا لیا۔ اور چلتا بنا۔ لیکن ابھی خیمے کے دروازے تک بھی نہ پہنچا تھا کہ امیر علی گنیشا پیر خاں اور موتی چاروں اسے لپٹ گئے۔ رحیم سمجھ گیا کہ موت سر پر آ پہنچی۔ خوف سے تھر تھر کانپنے لگا۔ امیر علی کے پاؤں پر گر پڑا اور کہنے لگا "میر صاحب خدا اور رسول کا واسطہ مجھے معاف کر دیجئے۔ لالچ نے اندھا کر دیا ورنہ کبھی یہ حرکت نہ کرتا۔ یہ گناہ معاف کر دیجئے۔ پھر ساری عمر آپ کے پاؤں دھو کر پیوں گا" امیر علی نے اسے ٹھوکر لگاتے ہوئے کہا "او لالچی کتے! اب تو مجھے خدا اور رسول کا واسطہ دیتا ہے۔ لیکن جب تو میرے سرہانے سے تھیلہ اٹھا کر بھاگنے لگا تھا۔ اس وقت تجھے خدا اور رسول یاد نہ آئے تھے؟

بھٹیارے نے زار و قطار رونا شروع کر دیا وہ بار بار یہی کہے جاتا تھا " میر صاحب خدا اور رسول کا واسطہ میری جان بخش دو۔ ساری عمر حضور کا غلام رہوں گا"

آخر امیر علی بولا" اگر تین ہزار روپیہ ادا کر دو تو جان بخشی ہو سکتی ہے۔ ورنہ ابھی تمہیں کتے کی موت مارا جائے گا۔"

بھٹیارہ کہنے لگا" حضور میرے پاس تین ہزار کہاں؟ غریب آدمی ہوں سرائے سے تو پیٹ پالنا ہی مشکل ہے۔ آپ لوگوں کے سہارے جی رہا ہوں۔ میں تین ہزار کہاں سے دوں؟ البتہ تین سو روپیہ دے دوں گا۔"

امیر علی نے ٹھوکر لگاتے ہوئے کہا " کمینے! پاجی!! ہمیں تین سو روپے کا لالچ دیتا ہے تین ہزار سے ایک پائی کم نہ لوں گا۔"

رحیم نے رو کر کہا " میر صاحب اگر تین ہزار ہوتا تو حضور ہی قیاس فرمائیں جان سے کیونکر

عزیز رکھتا؟ میری تو ساری عمر کی کمائی یہی تین سو روپے ہے۔"

پیر خاں ہنس کر بولا "اور وہ روپے کہاں گئے جو تو غریب ٹھگوں کو ڈرا دھمکا کر وصول کیا کرتا تھا۔ تیس روپے تو تُو نے مجھ سے بٹورے تھے۔"

رحیم کے پاس اب کوئی جواب نہ تھا مگر وہ برابر روئے چلا جا رہا تھا۔ آخر امیر علی نے پیر خاں کو حکم دیا کہ اس کا گلا گھونٹ کر اسے ہلاک کر دو۔ پیر خاں اسی حکم کا انتظار کر رہا تھا۔ اس نے رومال نکال کر بھٹیارے کے گلے میں ڈال دیا ابھی ایک ہی مروڑا دیا تھا کہ رحیم نے ہاتھوں کے اشارے سے ٹھہرنے کو کہا۔ امیر علی نے پیر خاں کو ہاتھ روکنے کا حکم دیا اور اس نے با دلِ ناخواستہ اپنے شکار کو چھوڑ دیا۔ امیر علی بولا "کہو۔ کیا کہنا چاہتے ہو؟ لیکن بات بالکل مختصر ہو۔ میں زیادہ بک بک سننے کو تیار نہیں"

لیکن رحیم کے حلق سے آواز ہی نہ نکلتی تھی۔ امیر علی نے گنیشے کو تھوڑا سا پانی لانے کو کہا۔ رحیم نے پانی کے دو گھونٹ پیئے تو اس کے گلے سے رُک رُک کر آواز نکلنے لگی۔ بولا میری جان بخش دیجئے۔ تین ہزار روپیہ حاضر خدمت کر دوں گا۔"

امیر علی نے کہا" حاضر خدمت کر دوں گا؟" بھٹیاری کے بچے ابھی تیرے حواس ٹھکانے نہیں آئے۔ حاضر خدمت کر دوں گا سے تیری کیا مُراد ہے؟ جب تک تین ہزار روپیہ یہاں میرے قدموں میں لا کر نہیں رکھ دیا جائے گا تیری جان بخشی نہیں ہو سکتی۔ اب بتاؤ تمہاری کیا صلاح ہے؟"

رحیم بولا" تو میرے ساتھ گنیشے کو بھیج دیجئے۔ میں تین ہزار روپیہ اس کے حوالے کر دوں گا۔"

امیر علی نے قہقہہ لگا کر کہا" اچھا تو گنیشے کو ایک دفعہ اور ورغلانے کے ارادے ہیں۔ لالچی کتے

اس طرح تو اپنی ناپاک زندگی کو اور زیادہ مختصر کر رہا ہے۔ پیر خاں اس کا خاتمہ کر دو"

مگر رحیم امیر علی کے پاوں پر گر پڑا اور کہنے لگا:" میں تین ہزار ابھی دیتا ہوں۔ پیر خاں کو کہئے کہ اپنا خونی رومال مجھ سے پرے رکھے"

امیر علی نے اسے ٹھوکر لگاتے ہوئے کہا" لاؤ تین ہزار"

رحیم نے کہا" پیپل کے درخت کی جڑ میں میرا سارا مال جمع ہے۔ کسی کو بھیج کر یہاں منگوا لیجئے۔ میں اس میں سے تین ہزار آپ کی خدمت میں پیش کر دوں گا۔ لیکن خدا کے لئے میری جان بخشی کر دیجئے۔ مجھے پیر خاں سے ڈر آ رہا ہے میر صاحب خدا اور رسول کا واسطہ مجھے بچا لو"

امیر علی نے پیر خاں کو اشارہ کیا اور اس نے آنکھ جھپکتے میں رحیم کا قصہ پاک کر ڈالا۔ اس کے بعد موتی اور پیر خاں پیپل کے درخت کی طرف گئے۔ اس کی جڑ کو کھودنے پر ایک مٹکا

ملا۔ جب ڈیرے میں واپس آکر انہوں نے اس مٹکے کا منہ کھولا تو اس میں سے پانچ ہزار روپیہ نقد اور سونے چاندی کے کئی زیورات نکلے۔ یہ سارا مال رحیم نے ٹھگوں کو ان کے راز کھول دینے کی دھمکیاں دے دے کر اکٹھا کیا تھا!

۷۔ خونِ ناحق

رحیم بھٹیارے کا قصہ تو پاک کر دیا گیا لیکن اس کی لاش کو چھپانے کے متعلق بڑی احتیاط کرنی پڑی۔ بھٹیارہ بہت چالاک تھا اس لئے ڈر تھا کہ شاید اس نے پہلے سے کسی کو اپنے ارادوں کی اطلاع دے رکھی ہو اور کہہ دیا ہو کہ اگر میں زندہ سلامت واپس نہ آؤں تو سمجھ لینا کہ ٹھگوں نے مجھے مار ڈالا اور پولیس میں اس امر کی اطلاع دے دینا۔ لیکن امیر علی بھی کچی گولیاں نہیں کھیلا

تھا۔ اس نے پیر خاں کو حکم دیا کہ رحیم کی لاش کو اس طرح دباؤ کہ اگر فرشتے بھی تلاش کرنے آئیں تو انہیں مایوسی ہو۔ اس مطلب کے لئے گڑھا تو پہلے ہی کھود لیا گیا تھا کیونکہ ٹھگوں کا اصول تھا کہ شکار کے مرنے سے پہلے ہی اس کے دبانے کا بندوبست کر لیتے تھے۔ چنانچہ رحیم کی لاش کو اس گڑھے میں دبا کر اوپر سے مٹی ڈال دی گئی۔ اس کے بعد چار پانچ ٹھگوں نے مل کر اس جگہ کو ہموار کر دیا۔ یہ کام ہو چکا تو پیر خاں نے گیلی مٹی یعنی گارا منگوایا اور اس جگہ پر لیپ کر دیا گیا۔ اس کے بعد وہاں آگ جلا دی گئی۔ تاکہ زمین سیاہ ہو جائے اور اگر پولیس آئے بھی تو اسے قطعاً کسی قسم کا شک نہ گزرے۔ کیونکہ آگ جلانے کے بعد وہ زمین اس طرح ہو گئی تھی گویا اسے کبھی کھودا ہی نہیں گیا۔ لیکن ٹھگوں کے اندیشے بے بنیاد ثابت ہوئے۔ رحیم کی موت

کا کسی کو پتہ بھی نہ تھا۔ ٹھگوں کا پیچھا کون کرتا ؟ ٭

اب امیر علی کو اس شکار کی فکر ہوئی جس کا ذکر رحیم نے کیا تھا۔ جاسوسوں کو دوڑایا گیا کہ جا کر خبر لائیں کہ وہ اس وقت کہاں ہے ؟ ساگور سے چل پڑا ہے یا ابھی تک یہیں ہے ؟ چنانچہ گنیشا کچھ عرصہ بعد واپس آیا اور کہنے لگا "سردار منہ میٹھا کراؤ تو خوشخبری سناؤں" امیر علی نے گڑ لے کر اس کے منہ میں ٹھونس دیا اور کہا "جلدی بتاؤ ہمارا شکار اس وقت کہاں ہے ؟" گنیشا بولا "سردار صاحب میں نے ساری باتیں معلوم کر لی ہیں۔ یہ سوداگر بڑا امیر آدمی ہے۔ وہ لالچی بھٹیارہ ٹھیک کہتا تھا کہ ... " مگر امیر علی نے گنیشے کو فقرہ پورا نہ کرنے دیا اور بات کاٹ کر بولا "اس دوزخی کتے کے ذکر کو چھوڑو۔ ہم تو اپنے شکار کا پتہ معلوم کرنے کو بیتاب ہوئے جا رہے ہیں اور تم اس پاجی بھٹیارے کی تعریف میں پل باندھنے

چلے ہو۔" گنیشے نے ہاتھ جوڑے اور کہا "اچھا تو میر صاحب سنئیے میں نے خود اس کے نوکروں سے سارا حال کرید کرید کر پوچھا ہے انہوں نے ..... امیر علی کو بڑا غصہ آرہا تھا۔ کہنے لگا ارے احمق! صاف بات کیوں نہیں کرتا کہ وہ اس وقت کہاں ہے۔ اس کی امارت اور اپنی لیاقت کے قصّے سنانے کی اس وقت ضرورت نہیں۔ صاف صاف کہو کہ یہ سوداگر صاحب اس وقت کہاں ہیں؟" گنیشا کہنے لگا میر صاحب یہ سوداگر آج صبح ہی ساگور سے چل پڑا تھا۔ اس وقت یہاں سے کوئی چار کوس کے فاصلے پر ہوگا۔ اگر ہم ابھی چل کھڑے ہوں تو شام سے پہلے پہلے اسے جا لیں" امیر علی بولا لیکن وہ سفر کس طرح کر رہا ہے؟ یہ تو تم نے بتایا ہی نہیں" گنیشے نے جواب دیا "وہ ایک گھوڑے پر سوار ہے۔ اور اس کا گھوڑا بہت مضبوط ہے۔ دو خچروں پر اس نے اپنا مال اور اسباب لاد

رکھا ہے۔ اس کے ساتھ چار اور سوار ہیں۔ ایک بھکاری بھی ہے گویا کل چھ آدمی سمجھ لیجئے۔ لیکن میر صاحب یقین مانئے۔ اسامی بہت موٹی ہے۔ اتنا مال ہاتھ آئے گا کہ آپ کی طبیعت خوش ہو جائے گی" امیر علی یہ سُن کر مسکرایا اور کہنے لگا "اتنی جلد بازی اچھی نہیں۔ کل صبح کوچ ہوگا۔ ابھی تین چار دن تک ہم سوداگر کو اپنی شکل نہیں دکھانا چاہتے۔ سب سے اول بھوانی ماتا کی اجازت لینی ضروری ہے۔ اس کے بغیر کسی کام میں ہاتھ ڈالنا نامناسب ہے" چنانچہ دوسرے دن سورج نکلنے سے پہلے حسب معمول سب ٹھگ کھلے میدان میں جمع ہوئے۔ اس سے پہلے امیر علی کا باپ سید اسمٰعیل شگون لیا کرتا تھا مگر چونکہ اب اس گروہ کا سردار امیر علی تھا اس لئے یہ فرض بھی اسی نے سر انجام دیا۔ معمول کی طرح اس نے اپنا بایاں ہاتھ اور آنکھیں آسمان کی طرف اٹھائیں اور

بلند آواز سے کہا " بھوانی ماتا! ہم تیرے چیلے تیرے چرنوں میں ایک اور بھینٹ چڑھانا چاہتے ہیں۔ اگر تو اسے منظور کرتی ہے تو ہماری مدد کر اور ہمیں نیک شگون دے" امیر علی کے بعد سبھی ٹھگوں نے باری باری اس دُعا کو دہرایا۔ پندرہ بیس منٹ تک بالکل خاموشی طاری رہی۔ ٹھگ بڑی بے تابی سے کسی شگون کا انتظار کر رہے تھے۔ آخر ایک کوتے نے کائیں کائیں کی۔ اور سب ٹھگوں نے مل کر زور سے "جے بھوانی" کا نعرہ لگایا۔ دیوی نے ان کی قربانی منظور کر لی تھی اور اب اس مہم میں ان کی کامیابی یقینی تھی۔

اس کے بعد یہ قافلہ خوشی خوشی ساگور سے روانہ ہوا۔ پانچویں دن ٹھگوں نے سوداگر کو جا لیا۔ بھکاری در اصل امیر علی کے گروہ کا ہی ایک ٹھگ تھا۔ اس نے پہلے سے ہی سوداگر کو ٹھگوں اور ڈاکوؤں کے خوفناک قصے سُنا سُنا

کر اس بات پر آمادہ کر لیا تھا کہ اگر کوئی قافلہ مل جائے تو اکیلے سفر کرنے کی بجائے اس کے ہمراہ سفر کیا جائے کیونکہ اکیلے سفر کرنے کی صورت میں نقصانِ جان و مال کا سخت خطرہ ہے۔ سوداگر نے امیر علی کے قافلے کو دیکھا تو اس کی جان میں جان آئی۔ امیر علی اپنی شکل و صورت۔ وضع قطع اور لباس سے کسی فوجی پلٹن کا سردار معلوم ہوتا تھا۔ بھکاری نے سوداگر کو کہا کہ یہ لوگ سپاہی معلوم ہوتے ہیں۔ پرماتما کا شکر کرو کہ اس نے ان لوگوں کو بھیج دیا ورنہ حیدر آباد پہنچنے تک ہماری جان اور تمہارا جان و مال دونوں ٹھگوں کے ہاتھوں ضائع ہو جاتے۔ اب کسی طرح میر صاحب کو اس بات پر راضی کر لو کہ وہ ہمیں بھی اپنے ساتھ لے چلیں" سوداگر امیر علی کے پاس پہنچا اور کہنے لگا۔ میر صاحب میں نے اس بھکاری سے سنا ہے کہ آپ حیدر آباد جا رہے ہیں۔ آپ کا یہ غلام

بھی وہیں جا رہا ہے مگر راستہ پُر خطر ہے اور میں ٹھہرا سوداگر آدمی۔ جان و مال کا خطرہ ہے اگر آپ اپنی حفاظت میں لے چلیں تو عمر بھر یہ احسان نہ بھولوں گا" امیر علی نے پہلے تو انکار کیا اور کہنے لگا کہ" میں جا تو حیدر آباد ہی رہا ہوں لیکن کسی اجنبی اور ناواقف کی حفاظت کا ذمہ نہیں اٹھا سکتا۔ آپ اللہ کے بھروسے پر سفر جاری رکھئے اگر اسے منظور ہُوا تو آپ حیدر آباد پہنچ جائیں گے اور اگر اسے منظور نہ ہُوا تو میں حفاظت کرنے والا کون ہوں؟" سوداگر کہنے لگا" میر صاحب حفاظت تو اللہ ہی کرے گا لیکن وسیلے کی ضرورت بھی تو ہے اور میرا آپ کے سوا اور کوئی وسیلہ نہیں" تھوڑے سے اصرار کے بعد امیر علی نے سوداگر کی بات مان لی۔ وہ بے چارہ اپنے دل میں بڑا خوش تھا کہ پرماتما نے بڑا احسان کیا ہے کہ میر صاحب جیسا بہادر میری حفاظت کو

بھیج دیا ہے۔ ادھر امیر علی اپنے دل میں یہ سوچ رہا تھا کہ بھوانی کی بڑی کرپا ہے کہ اتنی موٹی اسامی بھیجی ہے۔ غرضیکہ شکار اور شکاری دونوں خوش تھے۔

دو دن یہ قافلہ اسی طرح چلتا رہا۔ امیر علی کسی مناسب موقع کی تلاش میں تھا۔ آخر وہ بھی مل گیا۔ رستے میں ایک نالہ پڑتا تھا۔ بہت چھوٹا اور بہت تنگ لیکن پانی بہت صاف تھا۔ امیر علی نے حکم دیا کہ آج دوپہر کو ہم ستائیں گے اس لئے سب لوگ وہیں اتر پڑے۔ اب کوئی لیٹ رہا ہے کوئی نہا رہا ہے کوئی پانی پی رہا ہے۔ کوئی ادھر ادھر ٹہل رہا ہے۔ سوداگر امیر علی کے پاس بیٹھا حیدر آباد کے قصّے سُنا رہا تھا۔ امیر علی نے اس سے کہا آپ بھی اشنان کر لیجئے۔ پھر شاید دو چار دن تک رستے میں پانی نہ ملے، سوداگر کو ہر بات میں امیر علی کی خوشامد منظور تھی

کہنے لگا "میر صاحب بات تو آپ نے درست کہی ہے ۔ بڑا پوتر جل ہے ۔ اشنان کر ہی لینا چاہئے ۔ رستے میں کہیں اور پانی مل بھی گیا تو اس قدر صاف نہیں ہوگا" امیر علی نے کہا تو پھر مہورت کا انتظار کرنے کی کیا ضرورت ہے کپڑے اتارو اور نالے میں داخل ہو جاؤ" سوداگر کہنے لگا میر صاحب آپ بھی غسل فرما لیجئے ۔ بڑا لطف آئے گا" امیر علی دل سے یہی چاہتا تھا اور اس کی اصل تجویز بھی یہی تھی لیکن کہنے لگا "آپ تو نہائیے میں بھی نہا لوں گا" سوداگر ہنس کر کہنے لگا "اکٹھے نہانے میں جو لطف آئے گا وہ اکیلے نہانے میں کہاں؟ امیر علی بولا "تو پھر صرف میں اور آپ اکٹھے کیوں نہائیں؟ سب لوگ کیوں نہ اکٹھے نہائیں؟ سوداگر بولا بڑی اچھی بات ہے سب کو حکم دے دیجئے ۔ اس سے بہتر تجویز اور کیا ہو سکتی ہے؟ اس طرح معلوم ہوگا گویا نالے میں میلہ

لگ رہا ہے۔ امیر علی نے فوراً سب کو بلایا اور حکم دیا کہ تمام لوگ نالے میں نہائیں۔ ٹھگوں کو پہلے سے ساری سازش سے آگاہی تھی خوشی خوشی کپڑے اتار کر نالے میں داخل ہو گئے امیر علی سوداگر کے ساتھ ساتھ تھا۔ دس پندرہ منٹ کے بعد امیر علی نے مناسب موقع دیکھ کر ''غوطہ لگاؤ'' کا حکم دیا۔ اشارہ پانے کی دیر تھی کہ ٹھگوں نے اپنے شکار کا گلا گھونٹ دیا۔ سوداگر کا گلا خود امیر علی نے دبایا۔ اس کے بعد پانچوں لاشوں کو گھسیٹ کر باہر لائے۔

اتفاق یہ ہوا تھا کہ اس دفعہ ٹھگوں کو پہلے سے گڑھا کھودنے کا موقع نہیں ملا تھا۔ کیونکہ اس صورت میں خدشہ تھا کہ سوداگر کو شک پڑ جائے گا۔ اس لئے امیر علی نے سوچا کہ پہلے سوداگر کا کام تمام کر لو اس کے بعد لاش کو بھی ٹھکانے لگا لیں گے۔ لیکن ابھی یہ لوگ لاشوں کو نالے سے باہر گھسیٹ کر ہی لائے تھے کہ دور سے

دو سوار آتے دکھائی دیئے۔ امیر علی نے پیر خاں کو کہا ان لاشوں پر اس طریقے سے چادریں ڈال دو کہ دور سے یہ معلوم ہو کہ زندہ آدمی سو رہے ہیں" پیر خاں نے چادریں ڈال دیں اور کہنے لگا" میر صاحب ان دو سواروں کے متعلق آپ نے کیا سوچا ہے؟" امیر علی بولا بظاہر تو یہ غریب آدمی معلوم ہوتے ہیں۔ انہیں ہلاک کرنے سے کیا ہاتھ آئے گا؟" پیر خاں بولا" لیکن اپنی حفاظت کے لئے تو انہیں ہلاک کرنا ہی پڑے گا۔ اگر یہ زندہ بچ کر چلے گئے تو ہمارا بھید کھول دیں گے" امیر علی بولا پیر خاں انہیں پتہ ہی نہیں چلے گا۔ وہ تو یہی سمجھیں گے کہ قافلہ ہے۔ آرام کرنے کو یہاں اترا ہے کچھ آدمی نہا رہے ہیں اور کچھ سو رہے ہیں پیر خاں کہنے لگا" سردار آپ بھی بہت بھولی باتیں کر رہے ہیں۔ مردے پر چادر پڑی ہو تو کون نہ پہچان لے گا کہ یہ مردہ ہے۔

زندہ آدمی بھی کبھی اس طرح سوئے ہیں؟" امیر علی کہنے لگا "تو اچھا جو تمہاری مرضی ہو کرو مجھے کوئی اعتراض نہیں" پیر خاں کہنے لگا"کرنا کیا ہے۔ ان سواروں کو بھی ہلاک کرنا پڑے گا"۔ اتنے میں وہ دونوں بدقسمت بھی نزدیک آ پہنچے۔ پیر خاں اور موتی نے آگے بڑھ کر انہیں روک لیا اور گھوڑوں سے اترنے کو کہا۔ وہ نیچے اتر آئے تو پیر خاں بولا "تم کہاں جا رہے ہو" سوار کہنے لگا۔ "یہاں سے چودہ میل کے فاصلے پر ایک گاؤں ہے ہم وہاں جا رہے ہیں" پیر خاں نے پھر پوچھا "تم صرف دو ہی آدمی ہو یا تمہارے پیچھے اور آدمی بھی آ رہے ہیں؟" ایک سوار نے کہا "دو آدمی اور آ رہے ہیں۔ بس آج صبح ہم چار آدمی ہی چلے تھے۔ ہمیں ذرا جلدی تھی اس لئے ہم تیزی سے آئے۔ وہ دو پیچھے رہ گئے ہیں۔ ایک گھنٹے تک

وہ بھی یہاں پہنچ جائیں گے ۔ لیکن ہمارا راستہ چھوڑیے ہمیں بہت جلدی ہے ۔ پیر خاں بولا "خبردار ہلنے کی کوشش نہ کرنا" ایک سوار چمک کر بولا "تم ہمارا رستہ روکنے والے کون ہو؟ ہم اپنی راہ جا رہے ہیں ۔ تمہیں ہم سے کیا واسطہ؟" پیر خاں کہنے لگا "تمہیں ابھی پتہ چل جائے گا کہ ہمیں تم سے کیا واسطہ ہے؟" سوار بولا "لیکن یہ تو معلوم ہو کہ تم ہو کون اور تمہیں ہمارا راستہ روکنے کا کیا حق پہنچتا ہے؟" پیر خاں نے کہا "میں نے ایک بار جو کہہ دیا کہ تمہیں ابھی پتہ چل جائے گا ۔ گھبرا کیوں رہے ہو؟" وہی سوار بولا تم ڈاکو تو نہیں ہو؟" پیر خاں نے جواب دیا "ان سے بھی بدتر" سوار سارا معاملہ سمجھ گیا موت کی تصویر اس کی آنکھوں کے سامنے پھر گئی ۔ مایوسی کے لہجے میں اپنے ساتھی سے کہنے لگا "بھائی! یہ خبیث ٹھگ ہیں ۔ اب

زندگی کی آس رکھنی فضول ہے۔ اللہ کا دھیان کرو۔ اب ہم کوئی دم کے مہمان ہیں" دوسرے سوار نے امیر علی کو ٹھگوں کا سردار سمجھ کر کچھ کہنا چاہا لیکن اس کے ساتھی نے اسے روک دیا اور کہنے لگا" ان ظالموں سے کچھ کہنا فضول ہے۔ ان لوگوں کے دل پتھر کے ہیں۔ یہ تمہاری کوئی بات نہ سنیں گے۔" پیر خاں نے یہ سُن کر قہقہہ لگایا اور کہنے لگا" تم سچ کہتے ہو۔ ہمارے دل پتھر کے ہیں" پھر موتی کو اشارہ کیا۔ دو رومال حرکت میں آئے اور ایک منٹ بعد دو لاشیں زمین پر بے حس و حرکت پڑی تھیں۔ امیر علی کے حکم سے ان پر بھی سفید چادریں ڈال دی گئیں۔ اب ٹھگ آنے والے دو سواروں کی آمد کا انتظار کرنے لگے۔ تھوڑا عرصہ گزرنے کے بعد وہ بد قسمت بھی آ پہنچے۔ پیر خاں نے انہیں بھی گھوڑوں سے اتار لیا اور ان سے پوچھا کہ تمہارے بعد تو کوئی اور

مسافر نہیں آ رہے؟ انہوں نے بتایا کہ آج صبح ہم چار مسافر روانہ ہوئے تھے۔ دو آگے نکل گئے ہیں۔ ہم دو پیچھے رہ گئے تھے۔ہمارے بعد کوئی مسافر نہیں آ رہا" جب پیر خاں کی تسلی ہو گئی کہ ان کے بعد کوئی شخص نہیں آ رہا تو ان دونوں کا گلا گھونٹ کر انہیں بھی ان کے آگے نکل جانے والے ساتھیوں کے پاس پہنچا دیا گیا۔ اتنے میں گڑھا بھی تیار ہو چکا تھا۔ ساری لاشیں اسی ایک گڑھے میں دبا دی گئیں۔ اس کے بعد مہم کی کامیابی کی خوشی میں "پوتر گڑ" تقسیم کیا گیا اور یہ خونی قافلہ آگے کو روانہ ہوا۔

۸۔ امیر علی کی محبوبہ

جب یہ قافلہ جبل پور پہنچا تو امیر علی کسی شکار کی تلاش میں خود شہر کی طرف روانہ ہوا لیکن کوئی شکار نہ ملا۔ پچھلی دو تین مہموں

سے اُسے کافی روپیہ مل گیا تھا اس لئے اس نے
کچھ زیادہ پروا نہ کی اور جبل پور میں دو تین
دن ٹھہرنے کے بعد یہ قافلہ پھر اپنے سفر
پر روانہ ہو گیا۔ ٹھگوں کا خیال تھا کہ اگر
بھوانی ماتا کو منظور ہُوا تو راستے میں کوئی شکار
بھیج دے گی۔ جبل پور سے دس میل کے
فاصلہ پر ان لوگوں کا پہلا پڑاؤ تھا۔ اس دفعہ
بھی امیر علی ہی قصبہ میں گیا۔ وہ ایک پان
والے کی دوکان پر بیٹھا تھا کہ اس کی نظر ایک
ڈولی پر جا پڑی۔ دس سوار اس ڈولی کے ارد
گرد پہرہ دے رہے تھے۔ اس سے یہ معلوم
ہوتا تھا کہ ڈولی کسی امیر عورت کی ہے۔ امیر علی
کچھ دیر وہاں بیٹھا تاک جھانک کرتا رہا اتنے
میں پردہ اٹھا اور اس نے ڈولی میں بیٹھی
ہوئی عورت کا چہرہ دیکھ لیا۔ اس کے بعد
پردہ گر گیا۔ یہ عورت کیا تھی بجلی کا ایک
ٹکڑہ تھا جو امیر علی کے دل پر گرا اور اس

کے صبر و قرار کو جلا کر رکھ دیا۔ امیر علی کا جی چاہتا تھا کہ ساری عمر یہیں بیٹھا اس عورت کو دیکھتا رہے۔ پھر اپنے بیوی بچوں کا خیال آیا۔ سوچا کہ ساتھی کیا کہیں گے کہ سردار ایک عورت کو دل دے بیٹھا؟ اُٹھا اور ڈیرے پر واپس چلا آیا۔ لیکن دل کے اضطراب کا وہی حال تھا۔ اس عورت کا چہرہ بار بار آنکھوں کے سامنے آ جاتا تھا۔ وہ خوبصورت آنکھیں بتیروں کی طرح اس کے دل کو چھید رہی تھیں۔ اس کا جی چاہتا تھا کہ اُڑ کر اپنی محبوبہ کے پاس جا پہنچوں۔ پھر سوچتا تھا کہ نہ جانے وہ کون ہے؟ مجھ سے ملنا بھی پسند کرے گی یا نہیں؟ اور پھر میرے گھر تو اپنی خوبصورت بیوی ہے۔ وہ اس قدر حسین نہ سہی لیکن مجھ سے محبت تو کرتی ہے۔ وہ اسی الجھن میں گرفتار تھا کہ ایک لونڈی آئی اور کہنے لگی "آج صبح آپ ہی تو ایک پان

والے کی دوکان پر نہیں بیٹھے تھے؟" امیر علی بولا" کہئے کیا ارشاد ہے۔ میں ہی وہاں بیٹھا تھا" وہ کہنے لگی" میری مالکہ نے آپ کو یاد کیا ہے۔ آپ کو اگر ناگوار نہ گزرے تو میرے ساتھ تشریف لے چلئے" امیر علی کہنے لگا لیکن آپ کی مالکہ کون ہیں اور انہیں مجھ سے کیا کام ہے؟"۔ لونڈی نے جواب دیا" پہلے سوال کا جواب دینے کا تو مجھے حکم نہیں اور دوسرے سوال کا جواب میں خود بھی نہیں جانتی"

امیر علی اٹھا اور لونڈی کے پیچھے پیچھے ہو لیا وہ اسے ایک مکان میں لے گئی۔ وہاں پہنچ کر اس نے امیر علی کو ایک کمرے میں بٹھا دیا چند منٹ کے انتظار کے بعد اس کی محبوبہ بھی آ پہنچی لیکن اس نے اپنا منہ چھپایا رکھا تھا۔ اس نے امیر علی کو بتایا کہ وہ ایک بہت بڑے نواب کی بیوہ ہے۔ اس

کے خاوند کا انتقال حال ہی میں ہوا ہے اور اب وہ واپس اپنے میکے جا رہی ہے۔ اسے معلوم ہوا تھا کہ امیر علی بھی اسی طرف جا رہا ہے۔ اسی لئے وہ چاہتی ہے کہ وہ اسے اپنی حفاظت میں لے لے۔ امیر علی اور کیا چاہتا تھا۔ وہ تو دل سے یہی دعائیں مانگ رہا تھا۔ فوراً ہاں کر لی۔ اور شام کو اس کی محبوبہ اس کے قافلے میں آ ملی۔

امیر علی کے دل میں جو آگ سلگ رہی تھی یہی آگ اس پُراسرار حسینہ کو بھی تڑپا رہی تھی۔ دو دن تک تو اس نے صبر کیا تیسرے دن موقع پاکر اظہارِ عشق کر ہی دیا بس اب کسر ہی کس بات کی رہ گئی تھی؟ دونوں طرف برابر آگ لگی ہوئی تھی قریب تھا کہ امیر علی عشق کی اس آگ میں جل کر خاک سیاہ ہو جائے۔ لیکن پیر خاں سارے معاملے کو بھانپ گیا تھا اس نے سردار

کو سمجھایا کہ کیوں تباہی کے رستے پر جا رہے ہو؟ عشق بازی ہم لوگوں کا کام نہیں۔ مگر عشق کا نشہ وہ نشہ ہے کہ ایک مرتبہ چڑھ جائے تو پھر مشکل سے ہی اُترتا ہے۔ امیر علی نے بہت سنبھلنے کی کوشش کی۔ مگر اس عورت کے حسن میں اس بلا کی کشش تھی کہ ہزار عہد کرتا کہ اب اس کی طرف آنکھ اٹھا کر بھی نہ دیکھوں گا مگر دل میں وہ تڑپ پیدا ہوئی کہ سارے عہد بھول کر بے اختیار اس کی طرف کھچا چلا جاتا تھا۔ پیر خان نے بھی اپنی کوشش جاری رکھی۔ وہ ہر روز امیر علی کو سمجھاتا کہ عشق ایک خطرناک کھیل ہے اور اس کا نتیجہ تباہی کے سوا اور کچھ نہ برآمد ہوگا۔ امیر علی نے کہا "میں تو لاکھ اس سے بچنے کی کوشش کرتا ہوں مگر اب وہ مجھے کسی طرح بھی چھوڑنے پر تیار نہیں۔ تم کوئی ایسی ترکیب بتاؤ کہ وہ میرا پیچھا چھوڑ دے۔"

پیر خاں نے اسے کہا "تم اس سے صاف صاف جا کر کہہ دو کہ تمہاری شادی ہو چکی ہے اور تمہارے گھر میں بیوی بچے موجود ہیں تمہاری بیوی تمہاری وفادار ہے اور تم بھی اُسے چاہتے ہو۔ عورت کی فطرت میں حسد اور رشک کُوٹ کوٹ کر بھرا ہُوا ہے۔ تمہاری بیوی کا نام سنتے ہی اس کے تن بدن میں آگ لگ جائے گی اور جب تم اسے یہ بتاؤ گے کہ تم اپنی بیوی سے محبت بھی کرتے ہو تو وہ خواہ مخواہ تم سے لڑنے مرنے پر تیار ہو جائے گی۔ اس وقت تم بھی اُسے ترکی بہ ترکی جواب دینا۔ خود بخود تم دونوں میں لڑائی ہو جائے گی اور تمہارا پیچھا چھوٹ جائے گا اس سے بہتر ترکیب میں تمہیں نہیں بتا سکتا۔"

امیر علی نے پیر خاں کی نصیحت پر عمل کیا اور جس طرح اس نے بتایا تھا اُسی طرح اپنی محبوبہ کو جا کر کہنے لگا کہ میری تو شادی

ہو چکی ہے۔ عیال دار آدمی ہوں۔ اللہ نے بڑی خوبصورت اور بڑی نیک بیوی دی ہے میں تمہارے ساتھ عشق نہیں کر سکتا۔ اس لئے تم میرا پیچھا چھوڑ دو۔" بیوی کا نام سنتے ہی سچ مچ وہ آگ بگولا ہو گئی کہنے لگی "تم بڑے دغا باز ہو۔ مجھے تم نے دھوکہ دیا۔ جاؤ میری آنکھوں سے دُور ہو جاؤ۔" امیر علی نے بھی سختی سے جواب دیا۔ اور اٹھ کر جانے لگا۔ اس پر اس نے دوڑ کر اسے پکڑ لیا۔ اس کی گود میں سر رکھ دیا اور رونے لگی۔ امیر علی مجبوراً وہاں بیٹھ گیا۔ جب اس نے رونا بند کیا تو پھر امیر علی کو کوسنے لگی۔ وہ بے چارہ گالیاں سُن کر واپس جانے لگا تو دوبارہ اُسے لپٹ گئی۔ چنانچہ تین چار مرتبہ یہی ہُوا کہ امیر علی گالیاں سنتا ہے اور اٹھ کر جانا چاہتا ہے مگر وہ اسے پکڑ کر دوبارہ بٹھا لیتی ہے۔ روتی ہے۔ التجائیں کرتی ہے۔ غرضیکہ عورتوں

کے تمام ہتھیار کام میں لاتی ہے۔ جب امیر علی کا دل کسی طرح بھی نہ پسیجا تو کہنے لگی "ہمارے مذہب میں چار بیویوں کی اجازت ہے۔ اگر تمہاری شادی ہو چکی ہے تو کیا ہرج ہے؟ تم مجھ سے بھی نکاح کر لو۔ میں تمہاری پہلی بیوی کو اپنی بہن کی طرح عزیز رکھوں گی۔" امیر علی نے یہی غنیمت سمجھا کہ کسی طرح یہ کم بخت پیچھا چھوڑے۔ چنانچہ اس نے وعدہ کیا کہ وہ تھوڑے عرصہ بعد اس سے شادی کر لے گا۔ تب کہیں جا کر اس نے امیر علی کو واپس اپنے خیمے میں جانے کی اجازت دی۔

امیر علی نے پیر خاں کو سارا ماجرا کہہ سُنایا اور کہنے لگا "اب تمہیں بتاؤ کہ کیا کیا جائے میں تو کمبل کو چھوڑتا ہوں لیکن کمبل مجھے نہیں چھوڑتا۔" پیر خاں نے چٹکی لیتے ہوئے کہا تو دوسری شادی کر لیجئے۔ چار بیویوں کی

اجازت تو ہے ہی۔" امیر علی نے کہا "میں اپنی پہلی بیوی کو کیسے دھوکہ دے سکتا ہوں۔ سغرن اس سے لاکھ خوبصورت سہی مگر میری عظیمہ وفا کی تصویر ہے۔ میں اس کے جیتے جی دوسری شادی کا تصور بھی نہیں کر سکتا" پیر خاں "بولا تو اس کا علاج یہی ہے کہ ہم رستہ بدل کر سغرن سے الگ ہو جائیں۔ اور اسے اس کے حال پر چھوڑ دیں۔ یہ تھک ہار کر خود بخود اپنے میکے واپس چلی جائے گی۔" امیر علی نے یہ تجویز منظور کر لی۔ دوسرے دن سورج نکلنے سے کافی عرصہ پہلے امیر علی اپنے ساتھیوں سمیت سغرن اور اس کے ہمراہیوں کو سوتا چھوڑ کسی اور رستے چل دیا۔ مگر اس عورت میں بھی بلا کی ہمت تھی۔ صبح اُٹھ کر دیکھا کہ محبوب غائب ہے۔ سمجھ گئی کہ دغا دے گیا۔ لیکن عشق حوصلہ نہیں ہارتا۔ کہاروں کو کہا کہ ڈولی اٹھاؤ اور انتہائی تیز رفتار سے چلو۔ نتیجہ یہ ہوا کہ تیسرے

وہ امیر علی کے قافلے سے جا ملی۔ امیر علی بڑا پریشان ہوا کہ اب کیا کیا جائے۔ اسے اپنے خیمے میں لے گیا اور سمجھانے لگا۔ مگر وہ اسی بات پر اڑی ہوئی تھی کہ تم نے مجھ سے شادی کا وعدہ کیا ہے اور اب تمہیں یہ وعدہ پورا کرنا پڑے گا۔" امیر علی نے صاف انکار کیا تو کہنے لگی "میرا خیال تھا کہ تم شریفوں کی طرح اپنے وعدہ کا پاس کرو گے لیکن یہ خیال غلط ثابت ہوا۔ لیکن میں کام نکالنے کے اور طریقے بھی جانتی ہوں۔

سنو! مجھے معلوم ہو چکا ہے کہ تم ٹھگ ہو لیکن میری محبت اس قدر سچی اور پاک ہے کہ میں اس کے باوجود تم سے شادی کرنے کو تیار ہوں لیکن اگر تم بدستور اپنی ضد پر اڑے رہے تو میں مجبوراً تمہارا راز فاش کر دوں گی اور تم سب پکڑے جاؤ گے۔"

اب تو امیر علی بہت گھبرایا۔ اور وعدہ کیا

کہ گھر پہنچتے ہی تم سے شادی کر لوں گا۔
واپس آکر پیر خاں کو یہ قصّہ سُنایا تو وہ سر
پیٹ کر رہ گیا۔ جب تحقیقات کی گئی تو معلوم
ہوا کہ ایک نوجوان ٹھگ سغرن کی لونڈی پر
مرتا ہے اور اسی نے اپنی معشوقہ کو یہ راز بتایا
ہے۔ لونڈی نے اس کی اطلاع سغرن کو دے
دی ہے۔ اب معاملہ خطرناک صورت اختیار
کر چکا تھا اس لئے یہی فیصلہ ہوا کہ سغرن۔
اس کی لونڈی۔ اس کے ساتھیوں اور غدار
ٹھگ سبھی کا کام تمام کر دیا جائے کیونکہ ان
لوگوں کا وجود سب کے لئے خطرہ کا باعث
ہے۔

حکم مل ہی چکے تھے۔ اب صرف موقع کی
تلاش تھی۔ امیر علی نے سغرن سے محبت کی
پینگیں بڑھانی شروع کر دی تھیں تاکہ اسے
شک نہ گزرے۔ وہ اپنے جی میں بہت خوش
تھی کہ محبوب کو منا تو لیا ہے۔ اگر دھمکیوں

سے کام نکالنا پڑا ہے تو کیا ہوا دل کی مراد تو مل جائے گی۔ اِدھر تقدیر ہنس رہی تھی کہ بیوقوف عورت کیا سوچ رہی ہے۔ ایک دن مناسب موقع دیکھ کر امیر علی نے سب بدنصیبوں کو مروا دیا اور ایک گڑھا کھُدوا کر لاشیں اِس میں پھینک دیں۔

۹۔ بدنصیب جوہری

وقت گزرتا گیا مگر امیر علی کے کاروبار کا وہی حال تھا۔ کبھی کبھی وہ سال دو سال گھر پر بھی گزار لیتا لیکن عام طور پر اس کا سارا وقت اسی قسم کی مہموں میں گزرتا تھا۔

سید اسمٰعیل اب بہت بڈھا ہو گیا تھا۔ امیر علی کی عمر بھی اب چالیس سال سے بڑھ چکی تھی۔ لیکن اس کے دل کی سیاہی کا ابھی تک وہی حال تھا بلکہ اس کی سنگدلی بھی عمر کے ساتھ بڑھتی چلی جاتی تھی۔

اس نے سینکڑوں بے گناہوں کو موت کے گھاٹ اتارا۔ ہزاروں کا مال لوٹا لیکن اس کے گناہوں کا پیمانہ ابھی تک لبریز نہیں ہوا تھا۔ وہ سو پچاس ٹھگوں کے ایک گروہ کو اکٹھا کرتا اور اپنی "مہم" پر روانہ ہو جاتا۔ ان کی ان بے شمار مہموں میں سے اس کی بے رحمی کا شاہکار ایک بد نصیب جوہری کا قتل ہے۔

امیر علی ان دنوں جھالوں کی چھوٹی سی ریاست میں رہتا تھا۔ بظاہر اس نے ایک پُر امن زمیندار کا پیشہ اختیار کر لیا تھا۔ لیکن اس کا اصل پیشہ ٹھگی ہی رہا۔ راجہ سب کچھ جانتا تھا مگر اس کے باوجود امیر علی اور ساتھیوں کو کچھ نہیں کہتا تھا۔ اس کی وجہ یہ تھی کہ اسے بھی اچھا خاصا کمیشن مل جاتا تھا۔ اس طرح امیر علی اطمینان سے اپنے کام میں مشغول رہتا تھا۔

جوہری کا قصہ یوں ہے کہ امیر علی کسی موٹے

تازے شکار کی تلاش میں تھا۔ قافلے نے شہر کے باہر خیمے گاڑے ہوئے تھے۔ امیر علی خود شکار پھانسنے کو نکلا۔ چوک میں اس نے تین آدمیوں کو دیکھا جو اپنے لباس اور شکل وصورت سے امیر معلوم ہوتے تھے۔ امیر علی ان کے پاس گیا اور جا کر پوچھنے لگا کہ میں کچھ قیمتی موتی خریدنا چاہتا ہوں۔ کسی جوہری کا پتہ لینا ہے۔ اتفاق سے ان آدمیوں میں سے ایک جوہری تھا۔ اس نے کہا "فرمائیے میں خود جوہری ہوں" وہ امیر علی کو اپنے مکان پر لے گیا وہاں جا کر مختلف قسم کے موتی دکھائے۔ امیر علی نے تین سو روپے کے موتی خریدے اور کہنے لگا کہ جھانوں کا راجہ جواہرات کا بڑا قدردان ہے اگر آپ جواہرات لے کر چلیں تو میں سفارش کر کے اچھی قیمت پر بکوا دوں گا۔ راجہ صاحب مجھ پر بہت مہربان ہیں۔ جوہری

کے چار بیویاں تھیں۔ اس نے کہا کہ میں زنانے سے پوچھ لوں۔ عورتوں نے اس تجویز کو ناپسند کیا مگر لالچ بُری بلا ہے۔ جوہری نے بیویوں کے مشورہ کی کوئی پروا نہ کی۔ اپنی اولاد کے رونے دھونے پر بھی کان نہ دھرے۔ اور ایک نجومی سے مہورت پوچھ کر امیر علی کے ساتھ جھالوں روانہ ہو گیا۔ نجومی نے پہلے تو کہا تھا کہ ستارے نحس ہیں اور تمہیں یہ سفر نہیں کرنا چاہئیے لیکن جب امیر علی نے دس روپے بھجوا دئیے تو نحس ستارے فوراً سعد بن گئے اور نجومی خود چل کر جوہری کے پاس آیا اور کہنے لگا کہ مجھ سے غلطی ہوئی۔ ستارے در اصل بہت مبارک ہیں تم فوراً سفر پر روانہ ہو جاؤ۔

امیر علی جوہری کو ساتھ لے کر روانہ ہوا۔ اسے علم تھا کہ جوہری کے بہت سے چھوٹے چھوٹے بچے ہیں لیکن اب اس کا دِل اِس

قدر سخت ہو چکا تھا کہ اسے کسی بات پر رحم نہیں آتا تھا۔ اس کے بعض ساتھیوں نے کہا کہ اس طرح کسی کو بلا کر ہلاک کرنا درست نہیں اور بھوانی ماتا اسے پسند نہیں کرے گی لیکن امیر علی نے اس کی کوئی پروا نہ کی دو چار دن تک سفر جاری رہا۔ آخر جوہری کے دن پورے ہو گئے اور ایک دن امیر علی کے حکم سے اسے ہلاک کر دیا گیا۔ اس کے پاس پندرہ بیس ہزار روپیہ کے جواہرات تھے وہ سب امیر علی نے اپنے قبضہ میں کر لئے۔

۱۰- امیر علی کا انجام

گناہ کا پیالہ اگرچہ دیر میں بھرتا ہے لیکن بھرتا ضرور ہے۔ امیر علی قدرت کی ڈھیل سے کافی فائدہ اٹھا چکا تھا مگر اب وقت آ گیا تھا کہ اس سے انتقام لیا جائے۔ قدرت کی ڈھیل بعض دفعہ حد سے زیادہ بڑھ جاتی ہے لیکن

اس کا انتقام ہمیشہ خوفناک اور عبرت انگیز ہوتا ہے۔ امیر علی ابھی تک جھالوں میں ہی رہتا تھا۔ اس کا کام یہ تھا کہ سال میں سے چھ مہینے اپنی "مہم" پر گزارتا اور باقی چھ مہینے گھر پر ایک شریف اور پُر امن زمیندار کی حیثیت سے بسر کرتا۔ سید اسمٰعیل اب بہت بوڑھا ہو چکا تھا۔ لیکن ہوس ابھی تک جوان تھی۔ وہ بھی کبھی کبھار باہر نکل جاتا اور بے گناہ مسافروں کا گلا گھونٹ کر اپنی گناہ کی پیاس اُن کے خون سے بجھا لیتا راجہ جھالوں کو امیر علی ہر مہم سے واپس آنے کے بعد کافی نذرانہ دے دیا کرتا تھا۔ اس لئے وہ سب کچھ دیکھتا اور خاموش رہتا۔ بلکہ ایک لحاظ سے وہ ان بدکار ٹھگوں کا سرپرست تھا۔

ایک دن راجہ جھالوں نے امیر علی اور سید اسمٰعیل دونوں کو اپنے دربار میں بلایا۔ یہ خوشی خوشی دربار میں پہنچے۔ ان کا خیال تھا کہ راجہ نے

یونہی بلایا ہوگا۔ مگر حقیقت حال کچھ اور ہی تھی۔ انگریزی حکومت کو پتہ چل گیا تھا کہ سید اسمٰعیل اور امیر علی ٹھگوں کے بہت بڑے سردار ہیں اور ریاست جھالوں میں بظاہر زمینداروں کی حیثیت سے رہ رہے ہیں۔ اس لئے راجہ کو ان کی گرفتاری کا حکم پہنچ چکا تھا۔ راجہ صاحب بھی سمجھ گئے تھے کہ اگر اب ان سے رعایت کی تو شامت آ جائے گی۔

چنانچہ سید اسمٰعیل اور امیر علی کے دربار میں پہنچتے ہی دونوں باپ بیٹوں کے ہتھکڑیاں لگا لی گئیں۔ سید اسمٰعیل سمجھ گیا کہ بات بگڑ گئی ہے لیکن حواس بجا رکھے اور کہنے لگا "حضور ہم اس قسم کے سلوک کی وجہ نہیں سمجھ سکتے! ہم غریب زمیندار ہیں۔ ہماری بے عزتی کیوں کی جا رہی ہے؟" راجہ بولا "ٹھہر جاؤ۔ ابھی معلوم ہو جائے گا کہ تم غریب زمیندار ہو یا ظالم اور بے رحم ٹھگ" راجہ نے حکم دیا کہ

ہزاری کو حاضر کیا جائے ہزاری سید اسمٰعیل ہی کے گروہ کا ایک ٹھگ تھا۔ اور اب وعدہ معاف گواہ بن چکا تھا۔ راجہ نے اسے حکم دیا کہ سید اسمٰعیل کے متعلق وہ جو کچھ جانتا ہے سچ سچ بیان کرے۔

ہزاری نے جو داستان سنائی اسے سُن کر سارے درباریوں کے رونگٹے کھڑے ہو گئے۔ سید اسمٰعیل نے سینکڑوں بے گناہوں کو خود اپنے ہاتھ سے موت کے گھاٹ اتارا تھا ۔ ان بدنصیبوں میں ہندو۔مسلمان۔ بچے بوڑھے جوان سبھی قسم کے لوگ شامل تھے۔ اس کا آخری شکار جسونت مل تھا۔ جسونت مل کا نام سُن کر راجہ بھڑک اُٹھا۔ جسونت مل اس کا بڑا عزیز سردار تھا اور ابھی پچھلے ہفتہ ہی سفر پر روانہ ہوا تھا۔ راجہ اُسے زندہ سمجھے بیٹھا تھا۔ یہ سُن کر کہ سید اسمٰعیل نے اس کے پیارے دوست کا کام بھی تمام کر دیا ہے۔

راجہ نے بہت پیچ و تاب کھائے اور کہنے لگا
خبیث ڈاکو تم نے جسونت مل کو بھی قتل
کر ڈالا ہے؟" سید اسمٰعیل نے صاف انکار
کیا۔ اس پر ایک اور وعدہ معاف گواہ ہرنام
کو بلایا گیا۔ ہرنام اسمٰعیل کا احسان مند تھا
جب اسے دربار میں لایا گیا تو اس نے
سید اسمٰعیل کو دیکھ کر اپنی آنکھیں نیچی کر
لیں۔ ہزاری بولا" جب سید اسمٰعیل نے جسونت مل
کو مارا ہے تو ہرنام اس کے ساتھ تھا۔ گڑھا
ہرنام نے ہی کھودا تھا۔" راجہ نے ہرنام سے
پوچھا کیا یہ سچ ہے؟" اس وقت ہرنام کی عجیب
حالت تھی۔ وہ اپنے پرانے محسن سے غداری
نہ کر سکتا تھا۔ سید اسمٰعیل نے اپنی رحم طلب
نگاہیں اس کے چہرہ پر گاڑ دیں۔ ہرنام نے
دل کڑا کیا اور کہنے لگا" مجھے جسونت مل
کے قتل کا کچھ علم نہیں" سید اسمٰعیل کا چہرہ
خوشی سے چمک اٹھا۔ ابھی تک جان بچ جانے

کی امید تھی۔ مگر ہزاری کہنے لگا" میر صاحب کے بائیں ہاتھ میں جو انگوٹھی ہے۔ وہ اتار کر دیکھئے۔ یہ انگوٹھی جسونت مل کی ہے" راجہ نے حکم دیا کہ انگوٹھی اتار کر پیش کی جائے۔ وہ انگوٹھی واقعی جسونت مل کی تھی اور اس پر اس کا نام بھی کندہ تھا۔ اب سید اسمٰعیل کے لئے زندگی کی کوئی اُمید باقی نہ رہی تھی۔ اس لئے اس نے انتہائی جرأت سے کام لیتے ہوئے راجہ کو مخاطب کیا اور کہنے لگا۔

"راجہ تو ہم سے زیادہ مجرم ہے۔ میں نے جتنے گناہ کئے ان میں سے اکثر میں تو میرے ساتھ شریک تھا۔ میں نے جو کچھ کیا تیرے علم اور رضا مندی سے کیا۔ تجھے لوٹ میں ہمارے ساتھ برابر حصہ ملتا رہا۔ آج تو انصاف کا ٹھیکیدار بنا بیٹھا ہے"۔ راجہ میں یہ سننے کی تاب کہاں تھی؟ حکم دیا کہ شاہی فیل خانے سے ہاتھی منگوایا جائے۔ چنانچہ دربار میں ہاتھی لایا گیا۔ سید اسمٰعیل

کو یہ سزا دی گئی کہ اسے ہاتھی کے پاؤں کے ساتھ باندھ دیا گیا اور ہاتھی نے اسے پاؤں تلے روند ڈالا۔

سید اسمٰعیل نے ایک بہادر اور بے خوف انسان کی طرح جان دی۔ اس کا رنگ موت کے ڈر سے زرد نہیں ہوا بلکہ آخری وقت تک وہ مسکراتا رہا۔ مرنے سے پہلے اس نے راجہ سے کہا "یاد رکھو میں بھوانی ماتا کا چیلا ہوں۔ بھوانی کا انتقام ہمیشہ خطرناک ہوتا ہے۔ مجھ پر جو ظلم ہو رہا ہے۔ اس کی سزا تمہیں ضرور ملے گی۔" پھر امیر علی کی طرف دیکھا اور اسے مخاطب کر کے کہنے لگا "امیر علی اگر اپنے باپ کی روح کو خوش کرنا چاہتے ہو تو اس کی موت کا انتقام لینا۔ اور اس کا بہترین طریقہ یہی ہے کہ انگریزوں کو راجہ کی کرتوت سے آگاہ کر دو۔"

اب امیر علی کی باری تھی۔ لیکن اس کی

قسمت میں ابھی موت نہ لکھی تھی۔ اسے ابھی کئی صدمے دیکھنے تھے۔ اس کی بیوی ابھی تک اسے ایک شریف سوداگر اور زمیندار سمجھے بیٹھے تھی۔ جب اس بیچاری کو معلوم ہوا کہ اس کا خاوند اور سُسر در اصل بھیڑ کے لباس میں بھیڑیے تھے تو اسے بے حد ندامت اور شرم محسوس ہوئی۔ اس صدمہ نے اس بے چاری کی جان لی۔ امیر علی کا گھر بار ضبط کر لیا گیا اور اس کی اکلوتی بچی آوارہ پھرنے لگی۔ کوئی اس غریب اور بے گناہ لڑکی کو ایک ٹھگ کی بیٹی سمجھ کر اپنے ہاں پناہ نہیں دیتا تھا۔ خود امیر علی جان بچا کر بھاگ تو نکلا مگر کئی ماہ تک تباہ حال اِدھر اُدھر سر چھپاتا رہا۔ بھوانی کے "پوتر گڑ" کے متعلق مشہور تھا کہ جس نے ایک بار چکھ لیا وہ تمام عمر ٹھگی سے توبہ نہیں کر سکتا۔ چنانچہ امیر علی نے بھی دوبارہ یہی کام شروع کر دیا۔ مگر آخر پکڑا گیا۔ اب کے پھانسی کی سزا

لازمی تھی۔ اس لئے امیر علی حوالات کی کوٹھری میں موت کا انتظار کرنے لگا۔

گنیشا بھی اسی حوالات میں بند تھا۔ امیر علی کو گنیشے سے ہمیشہ نفرت رہی۔ اس نفرت کی وجہ امیر علی کو معلوم نہ تھی۔ اب اسے معلوم ہوا کہ اس کی ماں کا گلا گنیشے نے ہی گھونٹا تھا۔ امیر علی کے سینے میں انتقام کی آگ بھڑک اُٹھی۔ اب اس کی خواہش تھی کہ گنیشے کو اپنی آنکھوں سے پھانسی پر لٹکا ہُوا دیکھ لوں تو ماں کی روح کو ٹھنڈک پہنچے گی۔

اس جذبۂ انتقام کی تسکین کی خاطر امیر علی نے اپنے فرقہ کے تمام اصول بھلا دئے اور وہ شخص جو سالہا سال تک ٹھگوں کے ایک زبردست گروہ کا سردار رہا تھا۔ ایک وعدہ معاف گواہ بن بیٹھا۔ گنیشے کو امیر علی کی آنکھوں کے سامنے پھانسی چڑھا دیا گیا لیکن رہائی امیر علی کو بھی نہ ملی کیونکہ حکومت جانتی

تھی کہ اگر اسے چھوڑ دیا گیا تو "پوتر گڑ" کا اثر پھر اس پر غالب آ جائے گا۔ اس لئے امیر علی کو ساری عمر کے لئے قید کر دیا گیا۔

―――